緋彈的亞莉亞 XXI

Aria the Scarlet Ammo

的超傳導

赤松中學

緋彈的亞莉亞 XX

Aria the Scarlet Ammo

戀與戰的超傳導

赤松中學

Contents

孫
亞莉亞
霸美

1彈　怪鳥之標

——回到日本，去見星伽白雪吧。

——關於緋緋色金的事情，她全部都知道。

聽到梅露愛特的發言，我不禁感到錯愕。

雖然感到錯愕，不過……

也有一點點『果然如此』的想法。

上次在香港與我戰鬥過的孫——不完全的緋緋神在聽到我詢問她的真面目，也就是緋緋神的事情時，她也回答過我：

『想知道的話，你留在日本就好了。』

……為了尋找什麼而四處奔波，結果答案就在一開始的地方。

這樣的事情，其實在世上還不少。

就好像戲劇『青鳥』那樣，充滿諷刺的故事。

「我就如小步舞曲（minuet）的舞步，循序漸進地告訴你們。」

面對在福爾摩斯家的音樂廳中啞口無言的我和亞莉亞，梅露愛特從輪椅的小抽屜中拿出菸斗，含到嘴上——

散發出櫻桃精油的香氣，開始說明她的推理：

「姊姊大人你們打從一開始，對於緋緋神的問題就搞錯處理方式了。所謂的問題，必須先看清楚那個問題的本質才有辦法對應。比起『因為殼金被盜走所以要搶回來』這種走一步算一步的對策，或是『因為被附身所以要把它趕出去』這種魯莽衝動與緋緋神戰鬥的做法——你們更應該先搞清楚對手究竟是何方神聖，也就是它的**真實身分**。」

……真實身分。

緋緋神能透過緋彈附身於亞莉亞，並操縱她。

就好像操縱ＬＯＯ的馬修一樣。

然而，緋緋神其實就好像寄宿在金屬中的靈魂，並不是人類。

因此應該不適用『真實身分』這種概念才對。

我一直以來都是這樣想的。可是……

「要是不知道對方的真實身分，就無法知道該如何戰鬥、如何溝通。對付火就要準備水、對付木就要準備火，不然沒辦法打倒對手。面對老鼠就要準備起司、面對小孩子就要準備糖果，不然也沒辦法商量和解。」

梅露愛特講話時，勿忘草色的眼眸宛如切換了開關似地充滿知性，讓人感到可靠。

「——也就是說，白雪知道那個真實身分的意思了？」

亞莉亞紅紫色的雙眼中也微微流露出『果然如此』的感覺。

「從初代緋巫女的時代以來大約兩千年中，星伽神社的巫女們都在研究緋緋色金——也就是緋緋神。星伽神社可說是代代兼具『緋緋色金研究所』的一面。而繼承了這段歷史的人物應該就是現任的緋巫女，星伽白雪。想必沒有人比她更了解緋緋神、更接近那真實身分。」

梅露愛特的回答相當明確。

「然而，這段推理中也存在著一項宛如補強棒一樣的缺陷。」

「什麼缺陷？」

聽我這樣一問，梅露愛特把菸斗指向我……

「就是你。這件事情，絕對和金次有什麼關聯——只要跟金次扯上關係，我的推理有時候就無法正常發揮。推理的理，是道理的理。而會破壞這個道理的人，就是會把不可能**變成**可能的男人呀。」

她彷彿在程式中找到臭蟲（bug）一樣，露出一臉不愉快的表情。

「我的直覺也告訴我，事情應該又會被金次害得無法順利。白雪只不過是胸部大了那麼一點，可是金次見到她肯定又會露出色瞇瞇的臉。」

連亞莉亞也把雙手交抱在她平坦的胸口前，把我當成害蟲一樣瞪過來。

喂喂喂，妳們姊妹倆是不是都在對我這 Enable 大人找碴啊？

雖然我很想這樣抱怨，但福爾摩斯姊妹卻只是把這小蟲的事情看成『讓人有一點點傷腦筋』的程度就草草結束……

「話說回來，姊姊大人。」

「什麼事？」

一下子又轉移到別的話題去了。太渺小了吧！我在那兩人心中的存在太渺小了吧……！

「另外有一件事，我不知道會往好的方向還是往壞的方向發展……『某個人物』想必對這次的事情抱有興趣。而那個人物應該會看準姊姊大人和金次準備去找星伽白雪的時機——也就是現在——介入進來。我得出了這樣的推理。」

「那和我預感的肯定是同一個人物。我也有種不安到胸口一直跳動的感覺。」

「明明沒有大到可以跳動的胸部卻有那種感覺，看來是非常強烈的預感呢。」

「啊啊？妳自己也沒多大吧！」

亞莉亞一把抓住梅露愛特的胸襟，梅露愛特也對亞莉亞的雙肩使出手刀攻擊，就這樣展開一場姊妹打架。剛才兩人優雅地攜手跳著小步舞曲時美麗的姊妹之情都不知跑哪去了。

不過，亞莉亞的直覺和梅露愛特的推理——這對福爾摩斯姊妹湊在一起，應該能發揮出夏洛克一人份的能力才對。

換言之，現在還是聽從建議，回去日本問問看白雪比較好。

雖然她過去從沒告訴過我們想必是有什麼苦衷，但關於緋緋色金的事情，我一定要全盤問出來。

福爾摩斯姊妹扭打在一起似乎是很稀鬆平常的事情，雙胞胎女僕莎楔&恩朵拉很熟練地分別從亞莉亞與梅露愛特的背後架住她們，將兩人拉開。而我則是轉身背對她們——

打算先撥一通電話給白雪，但是用手機打可不知道要花上多少電話費，於是為了借用一下固網電話而走向客廳。

因為我不知道英國的固網電話要怎麼撥打國際電話，所以把麗莎也帶來了。然而……

「……？」

就在麗莎準備拿起外觀像天平一樣的古典電話話筒時，她忽然把視線望向昏暗的窗外。

接著全身僵硬起來，用瞳孔明顯的翠玉色雙眼眺望天空。

「怎麼啦，麗莎？」

「主……主人。請恕我失禮一下……！——嗯！」

麗莎在巨乳前握起雙拳稍微用力，結果從她頭上的女僕頭飾後面——那對熟悉的獸耳「唰！」一聲彈出來了。

然後把雙手放到耳邊的麗莎，似乎在聽著窗外什麼聲音。

她臉上的表情不像平常那樣平靜溫和，而是相當嚴肅——

感覺就像在害怕什麼異質的存在。

……嘎呀啊啊啊啊……

（——什麼！）

從濃霧瀰漫的夜空、遙遠的彼方——

傳來讓人毛骨悚然的奇怪叫聲，讓我也不禁看向窗外。

麗莎小聲尖叫，翻起女僕裝的裙子一屁股跌到地上。

我趕緊打開白木外框的窗戶，發現走在貝克街上的行人們也因為剛才的聲音騷動起來。

——嘎呀啊啊啊啊啊啊啊啊啊啊——！

「……嗚……！」

又從天空傳來了。

雖然有回音干擾，不過大致是從正東方——倫敦市中心的方向傳來的。

真是……難聽到讓人不舒服、誘使人在本能上感到恐懼的聲音。

一定是鳥。但我從來沒聽過這樣的叫聲。

既然能夠從看不到身影的距離就聽得這麼清楚，代表相當巨大。

「……主、主人……救我……我好怕……！」

另外讓我感到不可思議的是，麗莎她——

這個連鯨魚都能馴服的百獸之王・熱沃當之獸在畏懼。只為了區區一隻鳥。

就在我打算伸手扶起臉色發青的麗莎時，徹底陷入驚慌的她竟然將我的手和頭一把抱過去——

呃、喂！為什麼要抱到那種地方啦！

「求求您、拜託您……！保護麗莎……！」

淚眼汪汪的麗莎把我的手壓到自己的左胸上，那尺寸實在不是用一隻手就能掌握的大小。

宛如棉花糖般柔軟，讓我的五根手指都陷了進去。

（～～！）

快放手啊！雖然我想這樣命令她，但卻做不到。

因為我的臉——包含嘴巴在內的下半部都被埋進她那幾乎要撐破水手女僕裝的豐滿右胸。我被胸部摀住的鼻子拚命想維持呼吸，卻因此被強迫吸入麗莎那有如楓糖般的香氣。

再加上麗莎胸部這水嫩的感覺。即使隔著女僕裝的厚布料，但是把嘴巴貼在那棉花糖般柔軟部位的狀態——簡直就像武藤形容過『不考慮年齡差距，扮演媽媽與嬰兒角色』的高尚大人遊戲。然而，若真是如此，麗莎本來應該陶醉而充滿慈愛的表情，現在看起來卻極為恐懼。

「……」

——原來如此。

麗莎是因為害怕那隻怪鳥，所以想把我變成爆發模式的勇者大人是吧。如妳所願，我變成啦。在短短十秒之內。

不過，我不喜歡別人故意讓我變身的感覺，於是我為了處罰而稍微粗魯地撥開麗莎那不乖的雙峰，從幸福的深谷中脫逃出來。

——嘎呀啊啊啊啊啊啊啊啊——！嘎呀！嘎呀——！

怪鳥的叫聲再度從天空傳來的同時，亞莉亞她們也從音樂室來到客廳。為了掩飾和麗莎之間發生的事情，我打開擺在客廳的古老電視。結果……所有人都因為看到ＢＢＣ新聞的直播畫面而說不出話了。

在濃霧瀰漫、被探照燈照射的泰晤士河上空，有一隻黑色的怪鳥展開蝙蝠似的翅膀飛翔著。就在此時此刻。

擦過摩天輪旁飛行的那對翅膀——目測有九公尺。飛過霧氣較稀薄的地方時露出的眼球，直徑少說也有二十公分。

那臉孔就像把鵜鶘的臉變得比較銳利，給人恐怖的感覺。

甚至連貝克街都能聽到的響亮叫聲，就是這怪物發出來的。

（難道說……是翼龍……！）

我小時候在圖鑑上有看過，梅露愛特也有蒐藏幼龍的化石。在我眼中看來，那應該就是爬蟲類翼龍目的飛行動物——無齒翼龍。

可是，那應該是在白堊紀就已經滅絕的恐龍之一才對。

為什麼會飛在現代倫敦的泰晤士河上空？

莎楔與恩朵拉分別呢喃著「是惡魔……！」「真是醜陋……！」並在胸前劃十字，遠離電視。螢幕中的倫敦市民們也同樣從泰晤士河畔四散逃逸。畢竟無齒翼龍的外觀看起來就像基督教宗教畫中描繪的惡魔化身，所以包含麗莎在內，這群英國人都對牠怕得不得了。

但姑且不論信仰問題，還是有兩名英國女孩即使看到那隻有如惡魔的巨鳥也依然不害怕。

「——是斯氏無齒翼龍！我的推理果然沒錯，翼龍是恆溫動物呀。而且也沒有夜盲症，因為探照燈的光線掠過的時候，那眼球的虹膜有收縮呀。唉喲！剛才牠把頭部後面的雞冠像垂直尾翼一樣傾斜來轉換方向呢！」

那就是沒有往後退，反而坐著輪椅接近電視機的梅露愛特……

「金次，先不管那隻大怪鳥，這濃霧很奇怪。倫敦雖然夜晚經常起霧，但這也發生得太快了。剛剛在屋外感受到的溼度沒有那麼重呀。而且，這種莫名沉重、彷彿覆蓋河面的霧氣，簡直就像在香港……」

以及交互看著窗外與電視，要我提高警戒的亞莉亞。

「沒錯，就跟厄水魔女卡羯——那女孩為了隱藏油輪而使用的魔術濃霧一樣。」

但是，在極東戰役中敗北而停戰中的魔女連隊，應該不會事到如今才跑到自由石匠的大本營倫敦來投放真空炸彈才對。

也就是說……

「梅露愛特，這場騷動，是不是代表妳推理出的『某個人物』要登場了？」

我曾經看過另一個人物施展這樣的濃霧。

那情景我依然記得很清楚。

那段想忘也忘不掉的惡夢。

在電視上，大概是攝影師也終於忍不住逃跑了——似乎被丟在地面上的攝影機只照著充滿異國情趣的倫敦建築物。

梅露愛特推動輪椅，轉朝我的方向……

「……看來沒錯。姊姊大人，金次，請多保重了。代我向對方問聲好。」

很有貴族氣息地輕輕捏起裙襬，對我們說出**道別的話語**。

「雖然我沒打算跟對方輕鬆聊天啦，不過等逮捕之後我會說一聲的。麗莎就拜託妳啦。」

「——我們走吧，金次！」

在亞莉亞的號令下，我確認身上的手槍、彈匣、制服以及穿在裡面的護具，同時離開客廳。

我們騎著出租腳踏車，疾馳在越靠近泰晤士河、霧氣就越濃的倫敦。

因為這次換成只找到單人座腳踏車的關係，亞莉亞是把雙腳踏在從後輪輪軸突出的短棍上。

逃散的市民們不斷與我們擦身而過。小孩子們大聲哭泣，從教堂跑出來的牧師對著無齒翼龍翻開聖經，大叫著像經文一樣的話語。

探照燈掠過而讓人看到的怪鳥——雖然我一心期望只是假造出來的東西，但可惜看起來是真的無齒翼龍。我還是第一次看到恐龍這種玩意，存在感和現代的猛獸比起來根本是不同等級。怪不得百獸之王麗莎會那麼害怕。

——……叮……——……噹……——

——……咚……——……噹……——

在大笨鐘告知晚上七點整的鐘響中——

我帶著一點甩尾的動作，在河岸邊的車道上停下腳踏車。

從我背後翻起防彈水手服的裙襬下車的亞莉亞……

「金次！水面上有紅光！」

敏銳發現從河面下照出的朦朧光線，並伸手告訴我。

暈染濃霧的那道光，有如霓虹燈一樣不規則地閃爍著。是摩斯密碼。

U…n…der…way…

《Underway on nuclear power》

以核子動力前進中——是一九五五年，世界第一艘核動力潛艇鸚鵡螺號沿著這條泰晤士河航向上游時送出的電報訊息。

——嘎呀啊啊啊啊啊啊啊啊啊啊——！

上空的無齒翼龍盤旋在光線上，彷彿是和那道光——也就是和船艦互相聯繫的飛行方式。

那隻怪鳥恐怕就是船艦為了**驅除人群**而放出來的怪物。

而這片濃霧，也是為了隱藏沿著泰晤士河航行的艦影。

——……叮——……噹……——

——……咚……——……噹……——

隨著大笨鐘的鐘聲，那艘艦宛如讓河面整體隆起般浮上來，撥開濃霧緩緩接近我們。

全長三百公尺以上——

世界最大級的核動力潛艇——

（——伊・U……！）

雖然不知道為什麼，艦上掛的是日本自衛艦旗，但絕對沒錯。

那是我過去毀滅的祕密組織——伊・U。

那群人的大本營、不法之徒們的核子潛艇。

教人難以置信的是，它現在竟然沿著泰晤士河航行在倫敦中。

沙沙沙沙沙沙……雖然可以聽到撥開水面的聲音，但沒有發動機的聲響。看來它是靠慣性航行，打算把艦尾停到倫敦橋的正下方。
於是我把視線看向橋上的欄杆，不禁嘖了一下舌頭。
（果然跟那群傢伙……有關係啊！）
在橋上可以看到閻、津羽鬼與莎拉的身影。
閻扛著一個鐵桶，壺大概就躲在裡面。她雖然好像有注意到我們的存在……但沒有做出敵對行動。
——…O zittre nicht, mein lieber Sohn…！（不要害怕發抖，我親愛的孩子）——
在擴音器播放出莫札特・《魔笛》中獨唱曲的艦橋上，寫有巨大的『伊U』兩字。
讓霧氣攪出漩渦的同時，那兩個文字在我們眼前二十五公尺處……悠然停下。
它停船了。
「伊・U……應該已經交給海上自衛隊保管，停靠在吳軍港才對呀……！」
對於亞莉亞的娃娃聲，有個聲音回答了她。
從伊・U的艦橋上傳來。
那聲音是……
「——不要抱著先入為主的想法，無論遇到什麼狀況，妳都應該相信事實所引導出的結論，亞莉亞。同一個人物能夠再次盜取同一件東西，並不是什麼奇怪的事情。」
喀、喀……
踏響階梯，從艦橋探出上半身，穿著整齊古典西裝的男人……

正是過去從伊・U坐洲際彈道飛彈飛走的那位史上最優秀——也是最強的名偵探。

——夏洛克・福爾摩斯——！

「曾爺爺……！」

驚訝的同時，在心中某個角落似乎早有重逢預感的亞莉亞瞪大眼睛。

「……原來你還活著啊，夏洛克。你不是說過老兵唯有消失離去嗎？」

「消失了可以再現身，離去了可以再來。讓世人以為已經死去卻又再度復活，是我常做的事情。不過金次，你會感到驚訝也太奇怪了。根據我的推理，你從那之後至少也死過兩次不是嗎？」

就在露出微笑的夏洛克用火柴點燃菸斗的時候，浮上水面的核子潛艇甲板「哐噹……」一聲發出厚重的機械聲響。

仔細一看——

右舷最後一排戰略飛彈發射口的鷗翼狀艙門打開了。

「新時代往往都是從大海來臨。元日戰爭、黑船來襲、密蘇里號來航——你的祖國日本是如此，而我們英國亦然。」

在對我和亞莉亞揮手的夏洛克背後，那群鬼與莎拉陸續從橋上跳向伊・U的甲板。同時可以看到彷彿把霧氣往上推的氣流形成緩衝墊，是風術師莎拉的招式。

她們接著迅速從似乎被當成臨時出入口的飛彈發射口進入艦內。

那群鬼熟練的行動明顯表示，她們從很早之前就和夏洛克有勾結了。

明明個性不善於謀略，那群鬼卻總是能預先猜出我們的行動，讓我一直認為她們背後肯定有個軍事顧問……但沒想到竟然就是夏洛克。

以前貞德曾經說過，壺是伊．U的畢業生。想必也有和夏洛克聯絡的管道。我應該早點注意到這點才對。

無齒翼龍也降落到甲板上，折起左右翅膀……踏著不靈活的腳步鑽進飛彈發射口。

「亞莉亞，金次，如果你們現在方便，就過來吧。就算不方便，也過來。」

夏洛克說出和之前在太平洋見面時同樣的臺詞，招待我們進入伊．U。

……隆隆、隆隆隆隆……

震動腹腔的重低音這時傳來。

是動力爐的聲音。

伊．U準備再度啟程了。

「不用你說我也會過去。兩度盜走核子潛艇的重大罪犯竟然悠悠哉哉出現在武偵面前，別以為可以輕鬆離開！我要逮捕你，夏洛克．福爾摩斯！」

我拔出貝瑞塔，再次跨到腳踏車上。

「金次……！」

亞莉亞慌張地來回看向我和夏洛克。

「亞莉亞，妳不用出手。畢竟妳應該拿不出實力戰鬥。」

我知道她沒辦法把槍口舉向自己尊敬的夏洛克，於是背對她如此說道後——啪！

帶一點櫻花的力道往地面一蹬，讓腳踏車急速起步。

瞬間加速的腳踏車越過車道的路緣石，衝上朝泰晤士河方向斜斜伸出的防摔落柵欄——

將它當成跳臺，連人帶車一起飛向伊·U。

這樣亂來的動作讓車輪的輻條當場斷裂，輪框扭曲，前後輪都同時爆胎，在半空中支解了。

我隨著腳踏車的碎片，一起落向伊·U的艦橋。

「——夏洛克！這片櫻花吹雪——你可別跟我說你忘記了！」

面對我用櫻花踢落的腳後跟——

夏洛克舉起沒有拿菸斗的手掌試圖擋下。

——碰！伴隨有如把足球踢破的聲響與觸感，我下踢的威力幾乎完全被抵銷了。

恐怕是空氣墊。是夏洛克複製了莎拉的招式。

「我怎麼可能忘記。所以這次我稍微使用了一點超能力。」

夏洛克接著一把抓住我的腳踝，用應該是巴流術的動作快速扭轉。

但我早猜到他會這麼做，於是配合他扭動的方向自己旋轉身體——同時把右手的槍舉向下方的夏洛克。

——碰！碰碰！

槍口焰閃起，金色的彈殼跟著我一起旋轉，落向黑暗中。

然而，夏洛克卻放開我的腳，把手伸過來輕輕推開我的貝瑞塔。就在我開槍前的一瞬間。

然後順勢抓住我的手，纏向我的手指。

彷彿在和我握著貝瑞塔的手玩手指相撲一樣。

是手指對手指使用的關節技——

「在日本，這好像叫『打勾勾』是吧？」

而當我察覺這點的時候……

貝瑞塔在不知不覺間已經被夏洛克奪走了。

「有點不一樣啦。」

——碰！鏘！夏洛克對我開槍，我則是快速拔出沙漠之鷹，用彈子戲法迎擊。

隨著「踏！」一地一聲，我總算用單腳跪下的姿勢降落在伊．U的艦橋上。

夏洛克就在我的眼前。

笑著臉低頭看向我的他，把貝瑞塔朝上方舉成「L」型。是代表「我不會開槍」的動作。

「……既然你不用，就還給我啦。」

看到我伸出左手……

「好。」

夏洛克竟然輕易就把貝瑞塔遞到我手中。

這行為讓我頓時感到火大，於是把雙槍都舉向夏洛克。可是──

夏洛克把菸斗含到嘴上，用雙手──唰唰、咻咻咻──勾住我的手臂，誘導我的手腕和手肘關節。

回過神來的時候，我握在手上的兩把槍都分別把槍口抵在自己左右兩邊的胸口上了。

但這時我的腳已經蓄足櫻花的力道，順著起身的動作放出亞音速頭槌──

「哦！我可不想再吃你的鐵頭功了。」

──可是就在我出招前一瞬間，夏洛克露出苦笑，對我做了一個『等等』的手勢。

雖然是可以連帶他的手一起槌到他臉上啦。不過……

我卻不得不取消了櫻花的動作。

因為我的視野角落看到──

一個讓我意外的小不點女孩從艦內衝到艦橋上。

「遠山，不可以出手！夏洛克卿是我們的同伴呀！」

那帶點鼻音而聽起來傻傻的慌張聲音，讓我不禁瞪大眼睛。

有著一對圓滾滾的眼睛，身高比一四二公分的亞莉亞還要嬌小──推測只有一三八公分的黑長髮少女。

「……呃、猴……？」

雖然她大概是因為怕冷的關係，身上穿的不是名古屋武偵女高那套不知羞恥的短版水手服……而是一件鼓鼓的羽絨外套——

但我不可能認錯人。

她正是在香港道別後就沒再見過面的——猴。

「我是路過香港之後再到倫敦來的。因為我推理出來，這女孩應該可以順便當我和金次之間的調停人。」

……該死的夏洛克。他早猜到自己現身的時候我會強襲逮捕他，就準備好女人來制止我是吧？

當然，他會從香港把猴帶出來的理由應該不是只有這樣啦。可是……

畢竟爆發狀態下的我，對於女性說的話基本上都會聽從啊。

「哦哦，來自溫暖土地的猴看來是受不了寒冷的倫敦啊。來，大家一起到艦內吧。」

伊・U沒有轉向、直接往泰晤士河的河口方向後退，同時再度開始下沉——甲板已經沉到水中。

現在只剩下艦橋突出在水面上了。

「金次，曾爺爺——」

亞莉亞從剛才莎拉她們跳下來的倫敦橋上「唰——」一聲用繩索垂降到艦橋上。

壓著裙襬落地的亞莉亞，看到一臉不悅的我、表情開心的夏洛克以及畏畏縮縮看著我們兩人的猴，「？？？」地眼睛打轉起來。

「亞莉亞，別擔心。我和金次絕對不會做出互相傷害對方——也就是讓妳哭泣的事情。你說對吧，金次？」

還真敢說呢，夏洛克。你明明就曾經從背後把緋彈射進亞莉亞體內的說。

不過……

從他身上感受不到殺氣也是事實。

於是我把貝瑞塔與沙鷹收回槍套，望向相對漸漸上升的水面。

伊・U再度緩緩躲進水面下。距離整體沉沒大概剩下不到三分鐘的時間。

在那之前，我們必須做出決定。究竟要跟著進去，還是要撤退。

猴也一副緊張的樣子，觀望我和亞莉亞的行動。

然而在這樣的狀況下，夏洛克卻很從容地含著菸斗吸了一口。

接著朝現在依然對他最有敵意的人物……也就是我開口說道：

「我接到聯絡，聽閣說她們和你們已經和好。所以覺得事情應該會變得很有趣。」

「你在胡扯什麼？既然從香港搭核子潛艇到這裡來，就代表你在接到聯絡之前就已經推理出來了吧？」

「非常正確。看來你也學會初步推理了。」

「另外還有一件事——靠現在的我也能推理出來。那就是伊・U接下來要前往的地點。」

聽到我這麼說，似乎還搞不清楚的亞莉亞和猴都抬頭望向我。

「我和亞莉亞都不得不搭上這艘船，換言之，目的地就是最後的殼金所在的場所。

而那群鬼也準備撤退到那裡去，也就是霸美的地方。」

「沒錯。就讓我招待你們到距離日本也很近的——鬼之國吧。旅程時間只需要短短的一百六十五小時。我推理出來，我持續了一百年的『緋色的研究』在近日內也將得出結論。而我無法接受自己在這最後的解謎過程中什麼都沒參與，所以才會像這樣現身當你們的橋梁。」

果然……就是鬼之國（Kinokuni）啊。

夏洛克雖然誇張地擺出『我們會協助你們』的動作。不過……

「——亞莉亞，這提議很危險，而且和梅露愛特推理出來的正確手段也不一樣。然而就我所知，阻止妳成為緋緋神的方法不是只有一個。從霸美手中搶回殼金，重新切斷『心結』——也就是遮蔽緋緋神的影響，讓她不再取代妳的精神，也是一種解決方式。雖然這只是讓妳恢復宣戰會議前的狀態，稱不上是完全解決問題——但以緊急治療來說應該已經非常足夠。究竟要不要抱著『不入虎穴焉得虎子』的精神……和夏洛克與那群鬼一起坐進伊．U，最後的判斷就交給妳了。」

我決定把才剛起步就沒有照預定計畫發展的這個狀況，交給亞莉亞的直覺去判斷如何處理了。

亞莉亞思考幾秒鐘後……

「……進船吧。」

如此回答。

「以眼還眼，以牙還牙。既然那群鬼闖進倫敦大鬧了一場，這次就換我們闖到她們的地盤為所欲為。」

以眼還眼，以牙還牙。被打了就要打回去。在某種意義上很重道義的這句話，是全世界武偵共通的信條。

同時，也是非常有亞莉亞風格的思考方式。

畢竟每當我稍微捉弄一下亞莉亞的時候，她總是會反擊啊。

「再說，就算按照梅露的建議行動——不管是你還是我，透過機場搞不好都會很難入境日本吧？雖然現在我有暗中安排一些事，但我們依然還是受到外務省監視。所以我們應該先去鬼之國搶回殼金，同時等待和外務省的交涉得出一個結果之後，再光明正大地去找白雪問話。」

聽她這麼一說……也很有道理。

雖然這感覺像欠了夏洛克一個人情，讓人有點不太爽，但我還是——跟在亞莉亞、猴與夏洛克後面——

踏進了河水漸漸從邊緣流入、通往伊・U內部的階梯。

入口階梯上半部的艙門是超合金製的自動門，像隔離牆一樣一道接著一道關上。

我們聽著頭上傳來關門的機械聲，並沿著螺旋階梯走進伊・U艦內。

LED燈照耀下的階梯就像梯子一樣狹窄陡峭，我和夏洛克的肩膀或腰部都被勾到好幾次。猴也因為包包勾到扶手，結果外套連同上衣一起被掀了起來，發出「咿呀啊啊啊」的搞笑叫聲。另外，我看到她在外套底下穿的果然還是那套短版水手服，不過因為是幾乎從正上方看下去的角度，所以沒看到更底下的內容。

「讓我再次歡迎你們吧，亞莉亞，金次。歡迎來到伊・U。」

隨著夏洛克的聲音，我們來到可說是伊・U正門玄關的大廳——

「……這些蒐藏品還是這麼壯觀啊。」

華麗的水晶燈照亮宛如博物館般排列展示的恐龍全身骨骼標本。

大廳地板是大理石，牆邊還排滿各種滅絕動物的剝製標本。

上次來的時候我就覺得，只要踏進這個大廳，自己身在潛水艇中的意識就會瞬間消失啊。

大概是因為伊・U長期都要潛在海中，所以故意這樣裝潢的吧。

「金次，你可以以後再慢慢參觀。畢竟從這裡到鬼之國，經由北極海要花上好幾天。現在先和閻她們一起享受點心時間吧。有話到那裡再說。」

夏洛克說著，從無齒翼龍的化石標本前走過去。

就在亞莉亞也跟到他後面的時候……

「遠山！猴好想你呀！聽說你離開香港後，在歐美跟日本大肆活躍，真不愧是遠山。雖然你和夏洛克卿大打起來的時候，猴都捏了一把冷汗就是了。」

猴脫掉外套，恢復那套全身上下都很短的水手服打扮後……

輕輕跳起來，撲到我的身上。

橘紅色的尾巴還彎曲起來，變成一個愛心圖案。

「哦、哦哦，我也很高興再見到妳。雖然我沒想到妳居然會被夏洛克帶來就是了。」

我把身體微微散發出如西米露般甘甜香氣的猴，像『抱高高～』一樣抱起來……

「是猴在北角的粥品專家吃粥的時候，夏洛克卿就不知不覺間出現在猴的正面——一邊吃粥一邊對猴說：『您好（中文），我是遠山金次的朋友。』這樣。」

夏洛克那傢伙，故意用看在猴眼中跟我那時候同樣的現身方式，來證明自己講的話是吧。

話說，為什麼他連那種事情都推理得出來啦？

我猜他應該是聽諸葛之類的人物說過的吧。

「雖然那時候夏洛克卿和藍幫已經有接觸了，不過他說『我希望妳來當金次與亞莉亞的緋緋色金顧問』，然後到最後直接把猴挖角來了。」

被我放到地板上的猴……

接著很有精神地跨上一輛停在樓梯邊的附輔助輪腳踏車。

超級迷你裙的後襬完全沒有夾在屁股和坐墊之間，看起來毫無防備的她……

「猴也很想報答遠山在香港拯救過猴的恩情呢！」

用可愛的笑臉抬頭望向我，並踩動踏板，讓輔助輪「喀啦喀啦」地發出聲響。看來在全長三百公尺的艦內生活，騎腳踏車移動會比較方便的樣子。

的確……猴的體內有緋緋色金，也曾被人為性地變成不完全的緋緋神——孫。就像個人工緋緋神一樣的人才。

對於現在想要逼近緋緋色金真相的我們來說，是借助智慧最好不過的人選了。

對於準備周到、提前把她帶來的夏洛克，我、亞莉亞和猴都跟在他後面。

話說，夏洛克……

你明明才剛跟我打過一場，現在居然這麼光明正大地背對我走在前面，膽子也太大了。

雖然我是這麼想，但夏洛克好像說過他因為眼盲，是靠感受氣流來代替視覺的。或許對他來說，並沒有所謂前後的分別。

於是我決定不要管什麼有利的位置，直接追到他身邊。

「喂，夏洛克，剛才那隻無齒翼龍是你的寵物對吧？難道你是像侏儸紀公園那樣，從白堊紀的琥珀中找到了恐龍的血液嗎？」

「不，我是從化石做出來的。把化石當成石頭是半世紀前的常識，不過現在其實已經可以從生物化石中抽出分子化石，也就是連ＤＮＡ都能抽出來了。」

「……就算是那樣，你為什麼要把恐龍這種東西做出來啦？」

「男孩子不是都很喜歡恐龍嗎？金次，我也還是個小男孩啊！」

咧嘴一笑的夏洛克……

明明已經活了一百五十年以上，表情卻比我還要像個少年。

就算有會放出輻射的重大缺點，核能可以產生龐大能量的事情在科學上依然是個不爭的事實。只要一公克的鈾２３５，就能產生與三噸的石炭同等的能量。

而核子潛艇顧名思義就是搭載了核子反應爐的潛水艇，半永久性地能夠提供幾乎無限的電力。而利用無限的電力讓海水去鹽，也能無限製造淡水。用淡水進行電解，就能提供無限的氧氣。不管製造出多巨大的艦，戰略上的續航力也是無限。

因此為了長期航海，美國與蘇聯實際上都建造過許多搭載游泳池、網球場、遊樂中心或牧場等等誇張設備的核子潛艇。

然而放眼全世界，想必都找不到建造得像伊・U這樣自由奔放的潛艇吧？

在讓人聯想到博物館或大學設施的廣大艦內走著走著，我的爆發模式也漸漸消去……變得都搞不清楚自己究竟是在第幾層甲板的哪一區了。

就這樣，我們最後來到一間種滿人工草皮、簡直就像一片郊野的大溫室——穿和服的閻與津羽鬼，把鐵桶蓋子稍微打開來看著我們的壺，以及身穿西裝式制服&格紋裙的莎拉都在那裡。

那群鬼把非洲風格紋路的草蓆鋪在地上，像在郊遊野餐一樣享用著食物。

我和亞莉亞跟她們對上視線而稍微緊張起來，不過閻卻對我們招了招手。

「來，去跟她們來場和解派對吧。」

夏洛克對我們如此提議……於是我保險起見解開手槍的安全裝置後，接近她們……

在草蓆上又是堆積如山的飯糰，還有漢堡、香蕉春捲、青花菜沙拉、三明治等等東西。

但那群鬼卻好像只吃飯糰的樣子。

「……妳們都只吃飯糰（onigiri）啊？不攝取維他命C之類的沒關係嗎？」

聽到我一方面為了試探氣氛而提出的問題，跪坐在閻旁邊、身穿黑和服的津羽鬼卻露出一臉不悅的表情。

「要說『握飯（omusubi）』。」

「為什麼啦？」

我拿起一個飯糰坐到草蓆上如此詢問，結果……

「其乃繫至『鬼斬（onigiri）』的忌諱詞語。」

盤著腿的閻講了一句我聽不太懂的說明。不過……總之現場的氣氛感覺是沒有特定立場、不分敵我關係的樣子。至少對方願意回應我的閒聊。

雖然津羽鬼好像很討厭我，但那應該是因為我和閻講話態度很輕鬆的緣故。

這是我最近漸漸理解的一種人際關係系統：對姊姊輩抱有憧憬的小妹，只要看到我和那姊姊講話就會生氣。換言之，津羽鬼對我的態度，就跟白雪的妹妹．粉雪或是亞莉亞的戰妹．間宮明里把我當毛蟲般厭惡的現象是一樣的。畢竟津羽鬼好像非常尊敬閻嘛。

（也就是說，認真的敵對關係已經結束的意思……）

既然這樣，只有我表現得針鋒相對也很吃虧。

像亞莉亞和夏洛克就坐在草蓆上吃著漢堡和三明治，猴也一屁股坐下來用叉勺吃起香蕉春捲了。

另外也因為亞莉亞剛好坐到埋頭吃著青花菜的莎拉旁邊的關係……

「妳那衣服是哪裡的制服嗎？」

「這是男裝，叫蘇格蘭裙。」

兩位英國人就用英語交談起來。

在另一邊，金短髮雙馬尾的壺則是……對我看都不看一眼……

「夏、夏洛克……」

用蚊子一樣的聲音叫了一下夏洛克，然後從鐵桶蓋的縫隙間遞出一個烤番薯。而且是用上她全部四隻褐色的手，超有禮貌。

於是原本很有興趣地聽著我和閻她們對話的夏洛克就……

「哦哦，是 baked sweet potato 啊。謝謝妳喔，壺。」

露出笑臉收下那顆和一身正式西裝的打扮完全不搭的烤番薯。

結果……我從縫隙間看到壺眼鏡底下的臉通紅起來，還「嘿、嘿嘿」地發出傻笑。到底是在搞什麼？

吃著沒有餡料的『握飯』的我，畢竟很不擅長和女生嘰嘰喳喳聊天——因此單刀直入地對閻說道：

「我聽夏洛克說，妳們有和我們停戰的意思？」

閻聽到我這麼問便點點頭，用她那對金色的眼睛筆直看向我。

「沒錯。要將亞莉亞變成緋緋神大人，等於是殺掉亞莉亞的靈魂。那樣同時亦會殺掉亞莉亞的愛。余等三鬼商議到最後，對於這麼做產生了猶豫。但鬼是不會猶豫的。」

「只要有猶豫就不要做。這就是鬼的做法。」

閻和津羽鬼的話語中，蘊含不少的覺悟。

……看來這和平提議是真的。畢竟她們沒在這裡跟我打起來也是事實。

這群鬼雖然希望讓亞莉亞成為緋緋神，但是……

在聽完我爆發模式下的那段訓話之後，她們也變得不希望亞莉亞的人格因此被消滅的意思嗎？

雖然那段有關『愛』的演說就連我自己回想起來都覺得很丟臉，不過既然在結果上讓發展變得對我們有利，也算是萬萬歲了。

「霸美、呃、霸美小姐對這件事有說過什麼嗎？」

要是我直呼其名，感覺又會惹這群鬼生氣，於是我對那個小不點鬼也加上『小姐』稱呼了。真是辛苦啊。

「此事有違館主大人的意向，僅從遠方電信聯絡實為失禮。因此余會找時機向她提出忠言。抱著切腹的覺悟。」

「『找時機』是什麼時候啦？」

「不知。一切端看館主大人的心情。」

「那樣搞不好會來不及吧？亞莉亞就算放著不管也可能會自動變成緋緋神啊。叫玉藻的狐狸女說過，三月底是最後時限了。」

因為伊・U艦內的通用語言是日文和德文，因此我們都用日文在交談。然而……鬼所使用的詞彙比較古老，身為歸國小孩的亞莉亞似乎聽不太懂一部分的對話。但她還是感受出我焦急的心情，而一臉嚴肅地聽著我們講話。

「玉藻大人說期限是彌生晦日嗎……那的確可能來不及。」（註1）

「閻，妳用不著切腹什麼的沒關係，到了鬼之國之後，拜託妳帶我去見霸美小姐吧。接下來我會想辦法。」

「汝想如何做？若有意與館主大人爭鬥，恕余拒絕。」

「妳有這份忠誠心是好事，但既然有心要拯救亞莉亞的靈魂，不積極行動也沒關係，至少幫一下我們的忙。現在只要再一枚殼金就能阻止亞莉亞變成緋緋神了。而那個殼金就在霸美小姐手中。妳們不需要出手戰鬥，只要我去搶回來的時候裝作沒看到就好。」

我說出這段聽起來就是我要痛打霸美的發言——

本來還以為閻和津羽鬼會動怒的，卻沒想到她們都嘆了一口氣。

註1　日文古語中，「彌生」指三月，「晦日」指每個月的最後一天。

那反應就像父母看著頑固不懂事的小孩一樣。

接著，津羽鬼開口說道：

「遠山，閻姊不讓你跟霸美大人戰鬥，是為了你著想呀。」

「為了、我……？」

「就算你跟霸美大人搶奪殼金，想必你也傷不到霸美大人一根寒毛，只會在眨眼間就被殺死。那樣也等於是把你的生命連同愛一起殺掉的意思。」

「被殺死？對武偵來說，那種威脅臺詞每週都會聽到啦。我──」

閻這時打斷我的話……

「遠山，汝不諳算數嗎？在倫敦的時鐘塔上過招時，你應當也感受到了──汝和余的實力相當。而之前余也說過，即便有七個余，也敵不過霸美大人。」

……用數學原理宣告了我的必敗。

爆發模式下的我雖然算是贏過了閻，但那是因為我剛好抓到閻關心津羽鬼和壺的家族愛造成的破綻而已。光論力量的話就如閻所說，感覺我們是在伯仲之間。

而霸美擁有閻七倍以上的戰力……

……那這次真的不是我能打倒的對手了。

從理論上明白了這點的我，不太開心地沉默下來。

我也只能閉上嘴巴了。

「到鬼之國後，余會帶汝謁見館主大人的。畢竟館主大人也很想見汝。然而，即便會面——也絕勿爭鬥。余會盡量幫汝陳情，因此汝要用對話解決。」

用對話？跟那個連講話都很生硬的霸美小妹妹？那種事情要是做得到，我就不用這麼辛苦啦。

但是，如果我針對這點抗議，感覺閻她們應該會生氣。

現在難得一片和解氣氛，我還是暫時……閉上嘴巴，假裝聽從她們的意思好了。

後來，用湯匙吃完烤番薯的夏洛克不知跑到哪裡去了——

閻、津羽鬼、猴以及在餐會中似乎聊熟的亞莉亞與莎拉，也是有的去洗澡有的去睡覺，三三兩兩離去。

像一片郊野的溫室中最後只剩下我，以及從鐵桶蓋縫隙中伸出竹釣竿把剩飯釣進桶內的壺。

根據我偷聽到亞莉亞與莎拉的對話，幾乎算是自動操舵的伊・U現在似乎正航向北極海的樣子。雖然因為都不搖晃，讓人沒有在移動的感覺就是了。

時間上……已經到深夜。

於是我對之前在東京聽貞德說過好像是伊・U初期成員的壺開口問道：

「喂，壺，我對伊・U艦內不太熟。男生睡覺的地方在哪裡？」

「你這種傢伙，只要在這裡睡草皮就夠了。」

也太隨便了吧，喂。

妳明明對夏洛克就那麼有禮貌的說。

不過，這也讓我多少明白了。雖然同樣是來自貞德的情報，不過據說這傢伙是個天才，在就讀伊．U的時代似乎只會聽從夏洛克說的話。

我本來以為那是因為壺和夏洛克都是天才，所以彼此間有某種共鳴的緣故。但其實……

「壺，妳喜歡夏洛克對吧？」

聽到對待女生神經大條的程度堪稱日本代表的我忽然說出這句話後……

——噗！

壺明明就沒有在鐵桶裡引爆什麼炸彈，蓋子卻往上直直飛了起來。

我搞不太懂，這是怎麼回事？鐵桶簡直就像火山爆發一樣冒出蒸氣啦。

「哇呀！什麼！遠山……！你、你、你在說什麼……！」

把敲到天花板掉下來的蓋子用四隻手「啪！」一聲接住的壺……

又「碰！」一聲把蓋子重新蓋回去，從縫隙間——露出宛如灼熱發光的臉瞪向我。蒸氣似乎就是從她頭頂上冒出來的樣子。

這女人的體質還真好懂啊……

「什麼叫我在說什麼。妳有跟他本人說過嗎？」

「——怎、怎麼可能說！咱如此醜陋，根、根本配不上美麗的夏洛克卿啦。」

而且還輕易就被我套話出來，承認自己喜歡了。

（……好，這或許可以成為我攻略霸美的線索也說不定。）

雖然我剛才閉上嘴巴，表現得好像很聽話。但我個性也沒乖到聽閻說『去和霸美商量』就回應『好，我照做』的程度。

對於該怎麼對付霸美才能搶回殼金，我至今依然沒有頭緒。不過至少現在可以先從這傢伙口中問出一點情報。

高天原老師在課堂上也有講過，戰鬥的輸贏有八成都是決定於事前的情報戰啊。

「或許妳對自己的身體外觀抱有自卑感，但女人重要的不是只有長相。身為男人的我這樣說，就一定沒錯。更何況，妳的臉其實還頗可愛的吧？」

「當……當真？那要如何才能讓他抱咱？」

「別、別跳躍得那麼快啊。不過、呃、讓我想想……首先是那個啦，寫情書給他。」

對於戀愛關係最不擅長的我，隨口提出小學生程度的知識後……

「──你、你、你說戀文嗎！」

壺竟然「碰！」一聲關上蓋子，躲到鐵桶裡面去了。

「……喂，壺。」

我輕輕敲了幾下鐵桶，但是……完全沒有回應。

……看來我一下子就搞砸啦。

我本來是這麼想的，但鐵桶蓋又忽然稍微打開，從裡面掉出一個用毛筆寫了『致卿』兩字、看起來像謝儀袋的東西。

我趕緊接住那東西，仔細一看。這是在時代劇中偶爾會看到的……信件、嗎？微微打開蓋子的壺，用四隻手遮住自己通紅的臉蛋……

「遠山，你幫咱拿去交給夏、夏洛克卿。咱從來沒有和男鬼交流的經驗，實在沒那膽量把戀、戀文這東西親手交給對方。」

哦～

原來就算都是鬼也各有不同，當中還是有連送情書的膽量都沒有的傢伙。

雖然我也沒送過情書，不知道這究竟需要多少勇氣就是了。

「另外，此事你決不可外洩。鬼與人無法結合，那是違反天理的行為。要是被閻或津羽鬼發現，她們絕對會吃驚、嘲笑咱的。」

啊～真是有少女心呢。

「虧妳還是鬼，別那麼膽小啦。那我就幫妳把這個交給夏洛克，但也不是免費服務。就算請郵局寄信也是要收錢的。妳就回答一下我的問題吧。」

「……」

「我要把這交給閻囉？」

「為、為何如此！住手！求你住手！」

……總覺得我有點同情她了。

但這都是為了應付霸美的對策，也就是為了亞莉亞。

我必須狠下心，探聽出來才行。

「鬼和人類的身體在解剖學上不太一樣對吧？我對於鬼的身體中人類沒有的器官有點興趣。例如說，所謂的**鬼袋**是長在鬼身體的什麼地方？」

亞莉亞的殼金——就在霸美的鬼袋中。

就算我想靠外科手術之類的方式剖開那傢伙的肚皮，如果搞不清楚在什麼地方也很傷腦筋。

因此我這樣詢問後，剛才果然只顧著看夏洛克、都沒聽到我和閻她們對話的壺——

似乎搞不清楚我這樣問的用意，而直接告訴了我：

「人類也真是好奇。就在胃的正上方啦。」

我另外也請壺畫了一張艦內地圖。

（話說，真虧她用和紙和毛筆能畫出這種地圖。像直線之類的地方到底是怎麼畫的？）

然後參考那張用難讀的舊體漢字標註的地圖……

為了保險起見，決定來視察一下上次和夏洛克戰鬥過的ＩＣＢＭ收納庫。

畫有輻射警告標誌的隔離牆像自動門一樣打開後——

（嗚哇～……果然有裝啊。）

裡面又可以看到八具洲際彈道飛彈了。

不過，從寫在外殼上的『Polaris 09』等等標記可以知道……

這些並不是核彈，而是某種脫逃艇——也就是乘坐工具。

這麼說來，以前我和亞莉亞在外堀大道被希爾達襲擊，然後華生前來救我們的時候也是……

「我記得華生搭乘的是第五號吧。在你上次來訪這裡的時候。雖然她當時是自由石匠派來當臥底的事情曝光，所以我們只有把她當客人一樣對待而已。」

似乎已經推理出我會過來這地方的夏洛克，甚至連我腦中在想的事情都說中了。

我轉回頭，發現夏洛克站在隔離牆旁邊，轉著手上的拐杖。

對於他又是預知又是推理各種事情侵害別人隱私的行為，我已經懶得再抱怨了。

於是——

「……雖然我以前就猜想過，但華生果然也待過伊・U啊。話說，夏洛克，你上次在這裡把緋彈脫手之後明明一口氣變得蒼老了——現在看起來又像二十幾歲的樣子。沒有緋緋色金，你是怎麼辦到的？」

「金次，當你遇到某種難以理解的事實，就應該從那個事實本身推知能夠得到這種結果的所有可能性。你以為遠離死亡、返老還童的方法就只有色金嗎？

實際上，在與你道別的那個夏日黃昏，我從生理學上來看已經一度死亡。然而，英國的某位侯爵委託羅馬尼亞高齡科學研究所（ＩＮＧＧ）的瑪麗亞女士……也就是弗拉德的夫人，讓我在死亡之後立刻又復活了。目前我也在她的協助下，嘗試用ＮＭ

N促進長壽基因活動來達到返老還童。因為我想試試看反覆經歷成長期究竟可以讓知能持續提升到什麼程度。」

……雖然我聽不太懂，但總之他靠著伊．U時代的人脈，在壽命方面也能隨心所欲地操作就是了。

不過，他有提到成長期什麼的對吧？怪不得剛剛在泰晤士河過招的時候……我會覺得他比上次對打時——還要更強了。

「亂玩什麼遺傳基因，要是你變成像弗拉德那樣我也不管囉？」

「我會真誠接受你的忠告。」

然而，現在的他似乎不是像上次在這裡見到時那樣站在敵對立場。

於是——

「話說，你有推理出來亞莉亞會變得如何嗎？如果有……就告訴我吧。」

我趁這傢伙還是自己人的時候，坦率詢問他的看法了。結果……

「……雖然慚愧，但我還是老實告訴你。**我不知道**。」

「不知道？為什麼？」

那個大名鼎鼎的夏洛克．福爾摩斯居然這麼輕易就豎起白旗，讓我不禁感到錯愕。

「——說到底，色金這項物質本來就是不會按照我的推理發展的存在。一方面也是因為這樣，我當時才會把色金託付給下個世代的你們。我給予亞莉亞的名字——『緋彈的亞莉亞』也是帶有希望她能解開緋彈之謎的意思。」

「……居然因為不知道，就把問題推給別人。虧你還表現得一副什麼都知道的樣子。」

「什麼都知道？你太抬舉我了，金次。我也是有遇過許多無法推理出來的例外。對現在的我來說，鑑賞那些謎團就是活下去的樂趣。所以我才會對緋緋色金的事情——也就是對『緋色的研究』如此熱衷。哦哦對了，還有關於你的事情也是。」

「……關於我？」

「你應該也有被梅露愛特說過吧？你是『㪰』，是化不可能為可能的男人。換言之，你是個活生生的矛盾。矛盾無法推理，是理論中的例外。因此，以眼還眼，以牙還牙，以例外還例外。簡單講，你是探究與你同樣的推理例外——也就是探究緋緋色金真相的最佳人選。對我而言，你是個和色金同樣讓我感興趣的人物。」

「別講那種讓人起雞皮疙瘩的話啊。」

對於世界上的事情大致都能推理出來的夏洛克來說……

反而是『無法推理的事物』比較有趣、的意思嗎？

而且不管那是多恐怖的事物，都因為他腦袋好得不像話又有力量，所以能親自干涉其中。甚至還把周圍的人都拖進來一起解謎——簡直是個危險的名偵探嘛，受不了。然後他就因為這樣打開了『色金』這個潘朵拉之盒，給我們添了這麼大的麻煩。還說要關上那個潘朵拉之盒，是身為另一個潘朵拉之盒的我的任務。

（不過，唉呀，『後續處理』也算武偵的工作就是了……）

我不禁深深嘆了一口氣——

這麼說來，上次夏洛克在這間收納庫跟我對打的時候……好像說過男女之間的戀愛心也是他無法推理的事情。看來他打從一開始就有宣告過，即便身為世界第一的名偵探，也不是什麼都能推理出來的。

……啊，對了。說到男女之間的戀愛。

「換個話題。我有一封信要交給你。」

我說著，從防彈制服的口袋中拿出那封摺成三等分的和紙信件。

「信？」

「你沒推理出來啊。」

「是啊，完全出乎我的推理之外。」

我想也是。畢竟這是一封情書，可說是戀愛心的集合體嘛。

怎麼樣，夏洛克？你是不是有興趣了？

「是壺要給你的。等一下你讀完，給她回封信吧。不過這是一封祕密信件，你要小心處理。」

我本來以為他剛才收下烤番薯時受到壺那樣熱情的視線注目，因此只要我提示這名字，他應該就會有頭緒了。但……

「真是一件不可思議又讓人感興趣的事情。明明在同一艘船中，卻用郵件聯絡，而且還透過代理人轉交。實在是很深奧的謎團。」

夏洛克呆了一下，無法推理到讓我驚訝的程度。

即使遇到女性送給自己一封祕密信件的狀況，他似乎也完全想不到信的內容是什麼。

這傢伙……跟我是同類型的。雖然我是因為患病（爆發模式）的關係，但夏洛克大概是因為滿腦子只想著解謎，所以平常根本沒把女人的事情放在眼裡吧？

從我手中把信收下的夏洛克，或許是對於自己沒能推理出內容而感到不甘心的緣故……

在等待開封之前，他還抱雙手的動作和亞莉亞很類似。

然後也許是在推理時的習慣，又像梅露愛特那樣把菸斗含到嘴上。

「事件乍看之下越是不可思議，其本質應該就越單純才對。這和越是平凡的長相就越讓人沒有印象的狀況剛好相反……」

接著嘀嘀咕咕地呢喃起來，對那封寫有『致卿』的信件陷入沉思。

看來他是真的搞不懂的樣子。

壺，做得好。只有現在這時候，那個危險人物夏洛克——也暫時會當一個安全的名偵探啦。

雖然夏洛克無論如何都想自己推理出來，不過我也沒不解風情到喜歡看別人拿著收到的情書深思的樣子然後竊笑的程度。於是我決定轉身離開收納庫。

接著參考艦內地圖，尋找適合睡覺的地方。

艦內其實是有普通的士兵房間沒錯，但我可是公認最不幸的二年級遠山。反正當我打開房門的時候，一定會遭遇女孩子在裡面換衣服然後被狠狠揍一頓的命運對吧？就算我再笨，也已經學會危機管理的能力了。才不會讓你得逞。

因此我避開起居室，在艦內到處尋找感覺比較安全的場所。

圖書室的沙發，拿來當床睡應該不錯。穀物倉庫，總覺得粉塵有點多。擺在大廳的巨大蚌殼內部，看起來也不賴。

就這樣，我晃著晃著——

來到了一間不知道是做什麼用的昏暗房間。地圖上好像寫著『洗滌室』？

因為我聞到清潔劑的香味，還以為是浴室而緊張了一下……但打開電燈一看，才發現我搞錯了。

房間裡排列有好幾臺日本製的大型滾筒式洗脫烘衣機。

原來是洗衣間啊。房間看進去的確有投幣式洗衣店左右的大小。

這麼說來，夏洛克有說過這次航行要花上一個禮拜的時間。

既然難得免錢，我等一下也來洗個衣服好了。

（這種尺寸的洗衣機，在台場用一次應該要八百日圓啊。真是賺到了。）

就在我這樣想著，伸手拍一拍正在運作的洗衣機時……

「……？」

發現好像有什麼東西掉在腳邊。是一塊小小的布料。

這是什麼？我忍不住撿起來一看。

……

……？

像手帕一樣的白色布料……不知該不該說是有一點皺，總之有被人使用過的感覺。

但上面又有縫線，所以應該不是手帕。

……我總有一種不好的預感。

於是我把布料攤開一看。

「……嗚……嗚……！」

內、內……

這不是女生的、貼、貼身衣物嗎！下半身的！為什麼會掉在地上啦！

而且木棉質感加上肚臍下方有個蝴蝶結的設計，我有印象。好像叫龍、龍捲地獄是吧？就是我和賽恩還有霍華德王子被那招強風術颳掃的時候，被我徹底目擊到的那個，前眷屬、前伊・U主戰派殘黨——莎拉・漢小妹妹的東西啊！

我最大的失誤，就是因此感到困惑而呆在原地。

在公認最不幸的我面前……喀啦。

「……！」

估計自己的衣服快要洗完而來到房間的——

——颱風的莎拉小姐，與我面對面了。

「……！」

莎拉看到保持著攤開那塊布、彷彿要把它當面具一樣戴到頭上的動作靜止下來的我……沙沙沙沙沙沙沙！

感覺會發出聲音似地全身發抖起來。

接著，那對平常總是半瞇著、現在卻用力睜大的藍銅色眼睛——「嘩啦啦〜」地湧出淚水——

「嗚哇啊啊啊啊啊！」

踏踏踏踏踏踏！她衝過來了。

我本來還以為自己要被風刀砍斷脖子之類的，但莎拉看來因為太過驚訝，無法集中精神施展魔術的樣子。在這點上算是萬幸！

她「碰！」一聲用身體衝撞我，緊接著……咚咚咚咚咚！

「還我。還我！」

和上次在富嶽上被我搶走弓箭時一樣，用弱到可以的拳頭力道不斷敲打我胸口。

明明平常那麼冷漠，現在卻變得超級拚命的態度也跟當時一樣。

不過，這次我多少可以理解其中的原因。

我猜她應該是把衣服全部塞進洗衣機的時候，沒發現這玩意掉到地上，就那樣離開了吧……

不管怎麼說，看到這東西居然被我拿在手上，對莎拉而言想必是寒毛都會豎起來的衝擊性畫面。畢竟她看起來是十四～十五歲的敏感年紀。

——嗶——！

就在洗衣機發出洗衣完畢的告知聲響時……

雖然沒有確證，但也許是因為我拿在手上的這玩意——讓人驚訝地，我發現自己進入爆發模式了。

不過這程度的血流，應該撐不到幾秒。

（——嗚——！）

緊接著，莎拉飄盪起散發萊姆香氣的銀色秀髮……啪！

搶走我手中的東西。

「……妳是要我還妳什麼？莎拉，妳把那東西錯看成什麼啦？」

裝傻的我，指向莎拉拿在手中的**艦內地圖**如此詢問。

「……？……？」

莎拉看著那張壺畫出來的地圖，又「唰！」一聲趴到洗衣機上確認內部，發現自己的貼身衣物就在裡面後——

「快滾！」

抓起一旁的洗衣籃，朝我丟了過來。

「妳是怎麼啦？好像心情不太好的樣子。」

「快滾！」

「知、知道了啦。」

我適度裝傻了一下後，乖乖走出洗衣間。

然後在走廊上……「呼……」地鬆了一口氣。

等做完之後我才知道，剛才的我——

是**只用右手**使出了櫻花，把內褲以亞音速丟進了洗衣機。

人類大約每四秒就會眨眼一二〇毫秒。當然莎拉也不例外。

因此我就是趁她眨眼的機會打開滾筒式洗衣機的蓋子，把內褲放進裡面，蓋上蓋子後，從口袋拿出艦內地圖，攤開在自己頭上。過程剛好一二〇毫秒——接著，莎拉就把艦內地圖搶過去了。

——人類在使出全力出拳的時候，通常會「一口氣」動用全身筋骨。

然而櫻花則是讓全身筋骨「依序」動作。

這個招式的原理就是讓速度在自己體內由後往前陸續傳遞。

如果要發揮出通常的櫻花，也就是約一馬赫的速度，所需的傳遞次數為四～六次。一開始我是用『腳尖→膝蓋→身軀→肩膀→手臂→手腕』的方式出招，不過在天空樹上與華生對戰的時候，用『左手腕→左手肘→左肩→右肩→右手肘→右手腕』的方式也能辦到。

換言之，櫻花所使用的筋骨不論是身體哪個部位都沒問題。

從這些條件中，爆發模式下的頭腦……浮現出新招式的點子……
但就在快要想出來的時候，爆發模式結束了。
這次的爆發時間，應該是至今為止最短的一次吧。
雖然我聽說社會上有些男人在體質上比起女性本身，女性的衣物或持有物更能讓他們分泌出β腦內啡啦……
但只靠那樣一小塊布就讓腦內物質大量分泌的反常癖好，看來對於不成熟的我來說難度太高了。
據說伊・U提升至四十七節的速度，反覆淺潛航行與短暫上浮，正通過北極海域。
雖然是世界最快等級的核子潛艇，這依然算一種航海。要抵達位於日本近海的鬼之國，還是得花上一百六十五小時的時間。
因為會橫跨好幾個時區，嚴格上很難說清楚是幾天，不過在體感上大約是六天左右。
而我本來打算趁這機會好好休息一下的，可是……
在第三天早上，我很快就被亞莉亞抓到了。
伊・U原本是讓超人們互相教導技能的學習研究組織，因此艦內也有像教室一樣的房間——而把我拖向那裡的亞莉亞……
「你昨天睡了一整天對吧？到日本之後可要找時間去一趟武偵高中，乖乖接受期末考喔？」

說著這樣的話，打算強迫我讀書。

亞莉亞的斯巴達教育法相當具有原創性，只要我答錯問題就會掐我的脖子。因為對死亡的恐懼會喚起專注力，所以成績的確會進步，可是性命上也非常危險。

於是……

「妳之前不是說過，現在回去日本會變成偷渡嗎？」

我抱著捨棄祖國的覺悟想要保護自己的生命。但亞莉亞卻說：

「那方面不用擔心，這兩天內會搞定的。我已經打電話給貴族院的保守黨議員，請他去要求錢形處理了。」

「貴族院？」

「你不知道？太笨了吧？就是英國的上議院，等於日本的參議院啦。」

看到亞莉亞露出一臉真的被我的無知嚇到的表情如此取笑我……

「哈！別想騙我。妳只是因為被關在潛水艇內好幾天都沒辦法大鬧，所以用念書當藉口想拿我抒發壓力而已吧？那種陰謀休想讓我上當。再說，我雖然不知道妳是身分多高的名門大小姐，但怎麼可能會有國會議員聽從妳那麼任性的要求？如果真的有，妳倒說說看是誰啊。」

於是笨蛋就要有笨蛋的樣子，我立刻提出亞莉亞的陰謀論。結果——

「就是我父親大人啦。但這的確是公私不分的行為，所以你要保密喔？」

亞莉亞如此說道，把嘴巴凹成「ㄟ」字形。

因為在福爾摩斯家受到冷落的亞莉亞很少提自己家裡的事情，所以我都不知道……

……原來亞莉亞的老爸，是國會議員啊。

自編出來的理論才一秒就被駁倒的我，接著就被亞莉亞用舉重式抱抱（亞莉亞用雙手把我舉到頭上的搬運方法，主要使用在我想逃跑的時候。但怎麼看都不像抱抱，而且要是我亂動掙扎就會掉下去被亞莉亞的犄角刺到背。是一種非常不人道的搬運法。命名：白痴理子）強制帶到處刑教室了。

隨後便是由宛如家庭教師的亞莉亞主持的春季授課時間。

對我進行緊迫盯人教育的亞莉亞雖然現代國語和古文不太行，但其他科目全都很優秀。另外，伊．U艦內也有可以拿來當試題本或參考書的東西，不過都是英文就是了。

「……話說，妳昨天在做什麼？」

在數學時間，我一邊解著亞莉亞指定的三角函數問題，一邊開口詢問。

「我和曾爺爺聊了很多話。」

「有聊到關於緋緋神的事情嗎？」

「那方面倒是沒有聊什麼。聽說曾爺爺也不是很清楚，所以我必須自己想辦法解決才行。」

「……對於去年被夏洛克用緋彈射擊的事情，妳都不恨他嗎？」

「不會呀。畢竟要是那東西落入犯罪者或流氓國家手中──」

用手撐住臉頰、隔著桌子看向我筆記本的亞莉亞，將她小小的手放到自己左胸……緋彈所在的位置……

「──搞不好會被拿來用在比緋緋神更邪惡的事情上吧？曾爺爺是把這個緋彈託付給我，讓被人稱為福爾摩斯家不良品的我繼承來自女王陛下的重要命令。因此我有義務要用完美的結局回應他的期待。」

就算對方是自己崇敬的夏洛克，但被對方開過槍卻還能從大局看待事情，說出這樣的話……

亞莉亞的氣度還真大啊，在這方面。雖然身體很小就是了。

「唉呀，反正開槍來開槍去本來就是武偵常有的事情嘛。」

其實我真正想講的是『反正妳也常常對我開槍嘛』，但這種話說出口就真的會被開槍。

因此我把發言轉換為比較無可非議的一般論了。這就叫危機管理。

「被緋彈射擊後之所以會讓殼金遭到破壞，產生有可能被緋緋神取代的風險，是因為我在宣戰會議上太大意的緣故。雖然梅露愛特要我們直接去找白雪，但我覺得先去找霸美，把殼金搶回來──彌補完自己的失誤之後，再去見白雪會比較舒坦。所以能搭上伊・U真是太好了。」

「這麼說來，伊・U……這玩意原來之前是交給海上自衛隊啦？」

因為我在泰晤士河看到這艘艦懸掛的是自衛隊的旗幟而感到在意，於是如此詢問後……

「嗯，上次在這裡的戰鬥結束後，我很快就交給他們了。就在去年校外教學I到關西去的時候……也就是你和蕾姬在親熱的時候。」

「不，那時候我是受到蕾姬的狙擊拘禁──」

「就在你和蕾姬親熱的時候──反正現在又被曾爺爺偷走，保密義務契約也失效了，我就告訴你──我委託了車輛科的武藤以及之前待過伊・U的理子，在吳港針對捕獲的伊・U進行了臨檢與寄託海自的條件談判。同時也和英國海軍合作，把事後處理都做好了。就在你跟蕾姬親熱的時候。你的筆停下來囉。還有！你都已經是高中生了，怎麼連這裡的加法都會算錯啦？笨蛋金次！」

「是、是，非常抱歉。」

我講話會變得這麼客氣，是因為亞莉亞回想起當時我和蕾姬之間的事情而變得心情不好──一如我剛才所擔心的，用手槍準星指著我筆記本上算錯的地方。

話說，我頂多只是在內心好奇『後來怎麼樣了呢～是不是沉沒了呢～』的伊・U……姑且不論又被夏洛克盜走的事情，但現在還能這樣正常行駛，原來都是亞莉亞他們的功勞啊。

雖然日本是個對核能很敏感的國家，不過站在海上自衛隊的立場來看，核子潛艇想必是他們極度渴望獲得的東西。那麼透過祕密管道把這玩意交付給他們的亞莉亞，絕對有收到一筆優渥的報酬不會錯。明明在伊・U解體上立下汗馬功勞的我連一塊錢都沒得到的說，會不會太不公平啦？還是說，我在這方面的腦袋太不靈光了？

唉呀，不管怎麼說，到最後又被偷走，讓人很傻眼就是了。

就這樣——

飽受威脅的讀書時間告一段落後，亞莉亞看了一下時鐘……

「嗯嗯，好，你很用功喔。為了獎勵你，我們休息一段時間。來，快站起來，跟我走。雖然昨天有看到，不知道今天怎麼樣呢？」

她莫名期待地帶著我來到衣櫃室。

然後在那裡套上一件大概是希爾達或理子留下來的漂亮毛氈大衣，又拿出一件男用的古典紳士大衣遞給我。

「為什麼要穿這麼厚？艦內不是很溫暖嗎？」

「因為要出去外面呀。現在這艘艦正浮出海面航行。如果你想變成冷凍人，也是可以不穿啦。」

「外、外面？就算浮出海面——這裡是北極海吧？」

看到我驚訝的樣子，亞莉亞用套上絨毛連指手套的手遮住嘴巴「呵呵」地笑了一下後——

用活像個晴天娃娃加上雙馬尾的打扮從衣櫃室跑出去了。

於是我只好套上大衣，追在亞莉亞後面。

（這衣服……好像有一點點肉桂的香氣。）

哦哦，我知道了。大概是華生的衣服吧。

原來華生在伊・U時代也一直都假扮成男生啊。

不禁苦笑的我，穿過大廳追在亞莉亞的後面，爬上那道又陡又窄的螺旋階梯。這次我的頭和肩膀又老是被上面的階梯卡到，可是亞莉亞卻能很順利地在艦橋內不斷往上爬。我看是因為她會被卡到的部分（上圍）很貧乏的關係吧，不過要是說出口一定會被她踹頭所以我不講就是了。

「昨天我為了確認是不是真的在往東航行，所以到上面去進行了一下天文測量。」

亞莉亞確定潛艦是浮在水面上航行後，操作觸控板準備打開艙門——

「喂、喂，這螢幕上顯示外面的氣溫是零下廿五度啊。」

「露天艦橋上有裝暖氣所以不用怕啦。天氣晴朗呢。帶著你居然還能放晴，運氣不錯。」

隆……最上層的艙門打開，寒冷的海風吹進艦內。到外面了。

亞莉亞拋了一下媚眼，拉我的手一把。

就這樣，我們兩人來到面積大約有一臺巴士大的艦橋上。

北極海的風——果然很冷。雖然從腳下的通氣孔有吹出暖氣，但體感溫度大約是零度左右。

船外一片黑暗。要不是因為艦艏撥開凍結的海水傳來遠方打雷般的聲音，我甚至會以為自己來到了宇宙空間。

「明明現在時間是下午，怎麼已經到晚上了……？」

我環顧四周如此呢喃後……

「這叫極夜。跟白夜剛好相反，北極附近一帶在冬天即使到中午太陽都不會出來的。也就是說，一整天都是夜晚。」

……真厲害。

北極真不愧是世界的盡頭。

我在歐洲已經體驗過緯度越高夜晚會越長的現象，不過這可以說是最極端的狀況了。

「一整天都是夜晚啊。感覺希爾達應該會開心得大叫 Fii Bucuros（太棒了）吧。」

「我想也是。那孩子，老是笑咪咪地說什麼『殺了你（buukorosu）』，真是滑稽呢。呵呵！」

隆隆隆……沙……轟轟轟……轟轟……

遠處忽然傳來宛如打仗的聲音，讓我忍不住皺起眉頭往艦尾方向望去。於是亞莉亞對我說明道：

「剛才那是大塊的漂流冰崩裂的聲音。你在電視上沒看過嗎？」

北極海真是個不斷讓我驚訝的地方。

世界各地，其實都充滿了沒有親身體驗就不會知道的事情呢。

不過……

亞莉亞，為什麼妳是抬頭看上面，不是看聲音傳來的方向？

另外也有一件事讓我很在意，就是從剛才我一直看到一閃一閃的微弱粉紅色光芒。剛開始我還以為是伊．U發出的什麼光線，但閃爍頻率也太不規則了。

「怎麼回事？是不是有哪裡在發光啊……？」

「你的感覺還真遲鈍呢。來，看上面！」

被依然抬頭看著上方的亞莉亞用娃娃聲如此命令，於是我抬頭一看——

（……嗚……！）

在遙遠的上空……飄呀飄地……

有好幾片斷斷續續、看起來像布簾的——

「——那是……極光、嗎？」

粉紅色的極光在飄盪。

我還是有生以來第一次看到極光呢。

所謂的極光，是太陽釋放出的帶電粒子進入極地的大氣層時，在高度一百公里以上的夜空可以看到的發光現象。這種程度的知識我也知道，不過……

原來會飄盪得那麼快啊。因為我以前只有看過照片，還以為那是靜止不動的。另外，原來會呈現單色漸層的事情也讓我感到很意外。

話說……真是漂亮。

而且很壯觀。甚至讓我一反平常地感動起來了。

「昨天我看到的比較明顯。果然有金次在運氣就比較差呢。」

像這樣說我壞話的亞莉亞，聲音聽起來也很開心。

「雖然我沒看過，但原來極光是這樣的現象啊。」

「我小時候有在飛機上看過，可是那時候看起來比較像一片霧，是黃綠色，沒有動得這麼快。極光好像也是有分很多類型的。」

我和亞莉亞──好一段時間就這樣抬頭仰望著那片光彩。

「……我說，金次。」

「什麼事？」

「如果以後我叫你來……你還會像今天這樣跟著我來嗎？」

「為什麼要問那種事啦？我要是不跟妳走，妳不就會對我開槍了。」

「就算只是像這樣一起欣賞景色之類，連一毛錢都賺不到的玩樂也一樣嗎？」

對於『開槍』妳都不否定就是了。

「……沒關係，我會陪妳玩啦。等雜七雜八的事情都順利處理完之後──我們就像剛認識那時候一樣，再去學園島的電玩中心玩夾娃娃機吧。」

「金次……」

這艘伊・U正前往的目的地──鬼之國。

鬼的總大將·霸美就在那裡。

而霸美手上，有亞莉亞的殼金。

殼金是可以將人類與緋緋色金的結合當中，讓緋緋神取代人格的『心結』截斷，只容許讓人使用超能力的『法結』通過的東西，有點像是過濾器。

只要把那東西搶回來，亞莉亞的緋緋神化──就能暫時被壓抑下來。

雖然我不知道該怎麼從比閻、也就是比我強七倍的霸美手中奪回那東西，不過……只要有我和亞莉亞，肯定會有辦法的。畢竟一直以來，各種事情都是這樣解決的啊。

2彈　破星燦華鑇

從北極海又航行了三天，穿過白令海峽的伊・U最後停泊在——南太平洋的公海上。

我和猴兩人根據夏洛克所說的經緯度確認了一下海圖，這地方位於日本南方、台灣東方、帛琉北方、關島西方。

還真是難以清楚說明位置的菲律賓海一部分。

浮上海面的伊・U打開艙門後，因為內外些微的氣壓差異，讓溫熱的海風帶著溼氣吹入艦內。雖然現在還是上午，外面的氣溫卻感覺已經有攝氏三十度左右了吧？

夏洛克、閻、津羽鬼、莎拉、猴、亞莉亞和我陸陸續續爬上艦橋……我的眼睛頓時感到刺痛。這陽光我從沒體驗過，比日本炎夏時還要刺眼。

「……嗚……！」

等到眼睛習慣了光線後，我總算看到海面——對眼前的景色吃了一驚。

放眼望去，是一整片透明的大海。

海水無比清澈，又沒有波浪，讓直射下來的陽光甚至可以照到較淺的海底……

看起來就像黑色的伊・U飄在白色的沙漠上空。

然而那只是我的錯覺。因為在伊・U船體側面，就有一隻寬吻河豚正游在水中追著一群小魚。也可以看到海藍色的鯨鯊悠然地游在海底。

另外，在艦艏方向距離兩百公尺的地方——有一座孤島。

「請問那就是鬼之國嗎？」

「沒錯，那正是當代的鬼島。」

身穿短版水手服、看起來很涼快的猴——保險起見帶來一把外觀像薙刀的青龍偃月刀——與身穿和服的閻如此對話。

（那座孤島，就是鬼之國嗎？）

我用手掌遮蔭、瞇細雙眼，仔細觀察那座島……真是一座奇妙的島嶼。

就我所知，島嶼應該是用沙灘或岩岸與海面接觸才對，但鬼之島卻是用樹木與海接觸。整座島覆蓋在一片紅樹林下，大量不知該說是樹幹還是樹根的東西伸入海中，插在海底往四周延展。

簡直就像……我和旁邊這位張開小嘴呆呆望著鬼之國的亞莉亞相識前一天，我看過的電影——天空之城・拉普達掉落到海上形成的島。

雖然因為叢林覆蓋讓我看不到島內的樣子，不過從停在延展的枝葉下、把起落架和輪胎浸在海中的大型轟炸機・富嶽的尺寸可以推斷，那是一座大約兩百公尺見方的小島。

富嶽的側面有修補過的痕跡，看來就是之前飛在東京上空的那一架了。

那時在機內的鬼也有定期報告過那樣的內容，然後從日本飛到這片海域……降落到水面上的嗎？那看起來應該不是水上飛機，我完全無法想像它究竟是怎麼起降的。

「那座島原本是舊日本軍為了挖掘海底油田而建造的著底式採掘場。後來從周圍島嶼漂流過來的植物種子在那遺跡上扎根，形成了現在這樣像島嶼的樣子。」

肩上披一件夾克的夏洛克，一手握著菸斗對我們如此說明。

舊日本軍的、海底油田採掘場……

而現在，則是變成了那群鬼棲息的地方。

「很有趣的是——在聯合國海洋法上不被視為『島』、沒有任何國家主張其所有權的遺跡，其實在各地的公海都存在。在我們英國的近海也有一座被放棄的海上要塞遭人占領且發表過獨立宣言的西蘭公國相當有名……」

對於夏洛克賣弄知識的講解，我從途中就當成耳邊風——

（霸美，就在那個地方。）

繼續觀察那座島嶼一段時間後……從島中出現了一艘單桅四角帆布上拔染一個『無』字的木造船，宛如在水面上滑行似地接近過來。

雖然船齡很年輕，但那是從安土桃山時代直到江戶時代都被使用的一種和式船——弁才船。

而且是初期的小型種類，感覺就像揚帆、櫓槳兩用式的小型運輸船。

船上一名身穿淡紫色和服的女鬼操作櫓槳，讓船身緊靠到伊・U的艦橋後部……

於是我們朝那艘船垂下用繩索與鋁棍做成的繩梯。

基於和服和裙子等等衣服構造上的理由，我和夏洛克——兩名男人先目送女生們爬下繩梯後，跟著……爬下……

呃？夏洛克怎麼留在艦橋上不下來？

「你不去鬼之國嗎？」

「嗯，我要在這邊先失陪了。雖然我和鬼之國的諸位是舊交，不打聲招呼就離開有些失禮……但壺遲遲沒有從鐵桶中出來。」

「壺？」

「她看來應該是生病了，因此我打算把她帶到療養地看病。」

的確，壺從剛才就沒有出現在艦橋。

我本來還以為單純只是她遲到而已……

從閻與津羽鬼丟下壺離開的態度上判斷，她們應該也已經知道這件事了。

不過，既然是鬼生病，我覺得應該要給鬼之國想必會有的鬼醫生診斷才對吧……？然而疑惑還沒問出口，我就察覺了。

「——那封信的內容，你推理出來了嗎，夏洛克？」

「你推理看看。」

「我想你應該是推理不出來，最後直接讀了吧。」

「你很有當偵探的才能。」

夏洛克不擅長應對女性，是歷史學家們眾所皆知的事實，而這傢伙現在的確也露出苦笑……

但就算是平常狀態下的我，也看穿他的企圖了。

「你是打算——用女人當藉口，從我和亞莉亞眼前帶著伊·U逃走對吧？」

「雖然把已經一度送給曾孫女的東西又搶回來，是很難看又幼稚的行為就是了。」

……即使講得拐彎抹角，他還是輕易承認了。

「就如同別人常講的，我在個性上有像小孩子的一面。我很想再次乘著這艘艦，在大海上冒險。所以決定跟你們暫時借用一段時間了。」

……受不了，居然把核子潛艇講得像出租車一樣。

不過，就算動機只是出於興趣，但免費把我們帶到鬼之國來的夏洛克也算是對我們有恩。

而且……萬一演變成要和霸美交戰的狀況，這男的會不會成為自己人也很可疑。

對於亞莉亞先姑且不說，但他對於我或者猴還是存在有敵對的風險。

因此老實講，既然他願意現在離開，從戰術上判斷還是放他走比較好吧。

「……夏洛克，這次我就放過你。對於亞莉亞和猴，我會想辦法解釋。」

「謝謝你，金次。然後，再見。亞莉亞就拜託你了。」

反正你和壺都那麼笨拙，我也猜得出來你們到最後一定什麼都做不到，讓關係一點進展也沒有啦。不過……

就當是武士的憐憫心，或者說武偵的憐憫心吧。

畢竟一對男女想要獨處的時候——我也不會像鬼一樣狠心到故意礙事啦。

在滑向鬼之國的弁才船上，我用拙劣的言詞試著解釋關於夏洛克和伊・U的事情，結果原來亞莉亞和猴都早已多少察覺出那兩人之間的氣氛，讓我不禁感到驚訝。而且連閻和津羽鬼也是一樣。看來女性這種生物，對於那方面的事情感覺都很敏銳的樣子。

隨後，在閻那幫人的帶路下，我們穿過紅樹林進入島內……發現這裡意外涼爽。帶有些微岩岸臭味的島嶼深處，大概曾經是石油採掘據點——現在坑坑洞洞的廢墟被埋在一片綠色植物中。建築物的尺寸約像一棟小型校舍，在屋頂上與周圍也增建了許多簡陋的房子。

在那一堆房子的每個角落……

「……感覺得出**氣息**啊。簡直就像走在歌舞伎町的雜居大樓區一樣。」

「跟、跟九龍城寨也很像呢。無論上下左右，都是鬼呀。」

我忍不住小聲嘀咕，把豎起來的偃月刀緊握在胸前的猴則是表現得戰戰兢兢。

看來這裡是個人口密度……不，鬼口密度相當高的國家。狹小的土地上到處住滿鬼，三不五時就能看到身穿非洲風格花紋迷你裙和服在生活的鬼。

一如過去我曾聽說過的，鬼是雌性先熟的物種。她們到了十八歲似乎就會停止成長，因此這裡乍看之下或許像一座滿是年輕女性的樂園島嶼——然而她們頭上都有長出一～二根位置長短各有不同的犄角。就算滿滿是女性，也是女鬼之島啊。

看到喝著一大瓶酒望向我們的鬼，還有看起來應該在煮飯的蒸氣，心中不禁感到有點在意的我——

「喂，閻，妳們的酒和食物是從哪來的？我可沒看到什麼可以搶劫的便利商店啊。」

帶著上次打工地點被搶劫的怨恨心情，話中帶刺地如此詢問。

「汝問籌措食糧的事情？余等是靠販賣原油，在貝勞換取米與酒。」

閻說著，指向她腳底滿是鐵鏽與破洞的鐵板下方——

在下面的海面上，可以看到同樣長滿鐵鏽、外觀像活塞也像點頭喝水的鳥一樣的油井在工作。

另外也有設置雖然感覺效率很差但極為小型的石油、瓦斯提煉設備。那形狀我從沒看過，應該是壺發明出來的東西。

「此處住有兩百多位鬼族同胞，但貝勞的人類沒有日之本多。要是吃垮鄉里，讓人都逃走，將來又該如何？因此余等採用了貿易的方式。」

古文成績不太好的亞莉亞臉上露出「？」的表情……不過我倒是多少明白了。

『貝勞』指的就是群島國家帛琉。因為帛琉曾經是日本的領地，日裔多到有的州甚至把日文當成官方語言。想必也很方便取得這些鬼喜歡的日本食品。

然而，要是她們強行奪取物資，居民就會逃離出去，讓鬼今後再也沒得搶了。因此鬼之國的這群鬼才會利用貿易的方式，長久購買自己所需的物資。

「就像蜂蜜只有蜜蜂會造一樣，米和酒也只有人類會造。所以我們讓人類去造，然後採收。」

雖然在閻身邊的津羽鬼用把人類當蟲看待的講法如此說道。不過——

在我看來，這些傢伙根本只是仗恃自己有化石燃料，整天遊手好閒罷了。

放眼望去每隻鬼都無所事事，不是吃喝就是睡覺，要不然就是互相嬉鬧玩耍而已。沒有一隻鬼看起來有勞動慾望。雖然也有鬼在釣魚，但稱不上漁業的程度。我想這些傢伙應該根本沒有所謂『工作』的概念。

這種生活說教人羨慕也的確很羨慕啦，不過鬼族果然和人類是不同的種族呢。

「那種事情不重要。我是來見霸美的。妳們應該有聽曾爺爺說過了吧？」

聽到亞莉亞這麼說，在我們前方帶路的閻與津羽鬼便……

「霸美大人就在這棟天守閣。」

「然而，她現在應該在休息。」

說著，走進一棟大概是舊日本軍住宿設施的四層樓建築物中。

她們竟然把這棟水泥牆破破爛爛、生鏽鋼筋到處裸露、連門板或窗戶玻璃都沒有的廢墟稱為『天守閣』，讓我不禁苦笑。不過……

（剛才……亞莉亞明明對霸美直呼其名，閻卻沒有生氣。）

明明上次我在荷蘭這麼做的時候她就發飆的說。為什麼啊？

——然而我們一進到城裡，成群的女鬼們便紛紛叫著「哦哦！是御雛大人！」「御雛大人來了！」並聚集過來，當場解開了我心中的疑惑。

看來這群鬼是把亞莉亞當成她們同伴……而且是地位比較高的存在，對她相當崇敬。雖然她本人驚訝得睜大紅紫色的眼睛，但我倒是不覺得有什麼好奇怪。畢竟她就是個像鬼一樣的女人，而且也有長角嘛。

（不過，『御雛大人』這稱呼是什麼啊……？）

我想應該不是指女兒節的人偶吧？把那個在我宿舍房間用『你吃仙貝的聲音害我睡午覺被吵醒了』這種理由，就對我背後開槍的女人當參考做成女兒節人偶（雛人形）的話，對小女孩的情操教育也太負面了。

「怎麼大家好像把我當成神明對待的樣子？」

「猴、猴好像也受到熱烈歡迎呢。」

亞莉亞交抱起手臂，而有點被當成貴賓接待的猴也一臉呆滯。卻沒有一隻鬼聚到我身邊來。

（……亞莉亞是即將變成緋緋神的存在……也就是雛神，所以才叫『御雛大人』是嗎？而身為不完全緋緋神的猴，則是被當成緋緋神的化身了吧？）

我在心中如此做出結論……但不管怎麼說，要是我自己一個人闖進這裡，搞不好當場就被殺掉了。雖然不清楚這是不是在夏洛克的計算之中，不過能和亞莉亞跟猴一起過來真是太好啦。

那些女鬼們即使看起來只會在樓梯或轉角處閒逛，但她們畢竟都是鬼，戰鬥力想必不是人類可以比擬的。而且每七、八隻中感覺就有一隻像閻或津羽鬼那樣特別強的傢伙混在裡面。也許鬼也有分成戰鬥型和一般型吧？

我們來到陽光透過枝葉或者說水泥縫隙灑下來的三樓後……

「諸位在此等候。津羽鬼去向霸美大人請安，並傳達會面請求。」

「是，閻姊。」

對津羽鬼如此交代後，閻盤腿坐到一張非洲風格花紋的草蓆上……於是我們也姑且坐了下來。

「閻，妳打算向霸……向妳們的老大遊說，幫我們把殼金取回來嗎？」

我避免直呼霸美的名字，並保險起見向閻確認這點。

「正是如此。余等為了汝等的愛，欲對霸美大人的意向提出異議。」

「什麼愛啦……」

「啊、啊、愛？」

雖然我和只為了一個字就慌張失措的亞莉亞都紅起臉來，不過對閻她們灌輸了愛情理論的人就是我，因此我也無法多說什麼。

猴則是只顧著在抓剛好經過一旁的壁虎，沒發現我和亞莉亞之間這股超尷尬的氣氛。

「她的意向，就是讓亞莉亞變成緋緋神嗎？」

我重整態度開口詢問後，閻對我點頭回應——

於是穿著水手服卻用蹲坐姿勢的亞莉亞眼神也變得銳利起來。

「緋鬼的祖神——緋緋神大人與霸美大人乃心志一同。其實霸美大人本來才是緋緋神大人的御雛大人……」

「霸美也和我跟猴一樣，身體裡埋有緋緋色金嗎？」

聽到亞莉亞詢問，閻搖搖頭。

「非也。霸美大人並沒有與緋緋色金同在。與緋緋色金同在的乃信長公。」

……信長公……？

「信長，是指織田信長嗎？」

我忍不住瞪大眼睛一問，結果……

「沒錯。」

閻這次又點點頭肯定，讓我的眼珠差點都迸出眼眶了。

（雖然我在哪本書上好像有讀過，信長喜歡蒐集世上的珍奇財寶……但沒想到其中也有緋緋色金啊……！）

織田信長。

那是不需要特別說明就眾所皆知的戰國時代武將。

不只是在日本史上，甚至在世界史上都是出了名的戰爭天才，而且因為他殘暴的個性——

「猴、猴在中國有讀過一本叫『織田信長是鬼』的小說。請問那是事實嗎？」

把圓滾滾的眼睛睜得大大的猴，說出了我心中同樣感到的疑問。

總覺得繼蕾姬的源義經（成吉思汗）說之後，我們現在又接觸到了萬一讓歷史學家聽到會當場昏倒的事情啊。

「非也。信長公是人類。」

……太、太好啦。我不禁鬆一口氣了。

而亞莉亞對於這件事似乎調查得比我還多……

「怪不得。妳們在卡多根餐廳懸掛的陣幕上面的徽章，我後來有請貞德調查過——『五瓜』和『無一文字』——都是信長用的標示呀。然後呢？那個信長跟霸美之間是什麼關係？子孫嗎？」

她表現得一點都不驚訝，冷靜延續話題。

「非也。永祿至天正時期，信長公曾透過緋緋色金，與緋緋神大人意氣相投。緋緋神大人當時極為保佑信長公。」

大概是覺得自己的姿勢不適宜正在說明的內容，於是閻從盤腿改為跪坐，並如此說道。

……雖然我不清楚像猴／孫那樣用人為方式切換緋緋色金力量的狀況是怎樣，不過在自然場合下……

如果不是與緋緋神個性契合的人物，就沒辦法自由發揮緋緋色金的力量。

（去年夏天，夏洛克說過能讓緋緋色金覺醒的是『熱情且自尊心高。性格上有點孩子氣』的人……）

而歷史上描述的織田信長，正是這樣的人格。

我雖然不知道是怎樣的力量、到什麼程度，但信長想必與緋緋神很合得來，而使用過緋緋色金的力量。

而且從閻的講法聽起來，甚至是緋緋神主動幫忙信長的樣子。

畢竟信長是戰國時代的天才武將，這也讓人不意外就是了。

「天正十年，信長公辭世於本能寺。當時緋緋神大人嘗試用術法將公的靈魂轉移至棲息於嵐山的緋鬼——亦即那時的霸美大人。」

「跳……跳魂……！」

聽到閻的話，猴忽然驚訝得把尾巴都豎成「！」的形狀。

「跳……那是什麼？超能力的專門用語嗎？說明一下吧，猴。」

「是，跳魂是——臨死的道士——也就是超能力者為了緊急避難，讓靈魂脫離肉體，轉移到其他存在的法術。」

……連『把靈魂移到他處』都跑出來啦。真讓人差點暈倒。

不過現在這話題很重要。就算是不擅長的領域，我也要努力理解才行。

當信長在本能寺之變中被殺時，緋緋神為了拯救與自己契合的靈魂——好死不死竟然挑了一隻鬼，也就是當時的霸美，嘗試讓信長的靈魂附身是吧？

「可是，跳魂應該是將石像或人偶之類沒有靈魂的東西當成容器，進入其中的法術才對。居然轉移到鬼，也就是擁有靈魂的存在中……請問最後辦到了嗎……？」

「非也。將信長公——將他人靈魂轉移的嘗試，即便是緋緋神大人也沒能完成。然而信長公的靈魂還是有一部分被複寫到霸美大人身上。」

看來那法術相當困難，讓緋緋神沒能把信長的靈魂完全拷貝到霸美身上，而只複製了一部分的意識。

這麼說來，霸美那種樂於欣賞戰鬥的個性，還有充滿支配者氣質的態度……多多少少跟信長給人的印象有點相似。但也的確不是信長整個人都轉移到霸美身上的感覺。

雖然所謂的『意識』，到了二十一世紀依然難以用科學方式定義……

不過就我個人的理解是，只要變得稀薄或是只剩一部分，那就已經稱不上是本人的意識了。

霸美基本上還是霸美。

總之，我就暫時把霸美當成被稀薄的信長附身的鬼……也就是有點像信長子孫的存在吧。

在這點上，就是超能力外行人比較輕鬆的地方啦。

「霸美大人立志『天下布武』，率領余等緋鬼離開天下太平的故鄉日之本——轉至戰爭更為盛行的明、天竺、波斯、埃及、奴毘（努比亞）、越逐毘（衣索比亞）與詫栈野（坦尚尼亞），持續了幾百年的布武之旅。在天下諸國的戰場上與戰力相符的猛者、烈士、鐵人、巨漢、壯夫一路搏鬥。霸美大人對其每個人皆不予瞬息的機會，一擊便打倒對手。進入上一世紀後，這趟布武之旅也因船舶、航空機的出現而變得更加自由了。」

——雖然在概念上異於信長的天下布武，不過原來霸美為了尋求戰鬥，轉戰天下各國來了一場類似武者修行的旅程是吧？從亞洲開始，甚至一路到非洲。

（……怪不得這些鬼的文化中參雜了非洲的風格。）

然後只要在戰場上找到超人戰士，就現身單挑，擊倒對手。

……簡直就是在找麻煩啊。世界上的各位，真的很抱歉。我身為日本同鄉實在感到有夠愧疚的。

但不管怎麼說，她的這項行動跟不完全緋緋神・孫在香港提過的戰鬥喜好——和同是超人的存在賭命相搏的戰鬥方式——相當一致。

換言之，即使霸美沒有緋緋色金……依然可以透過一部分複製到她身上的信長靈魂接受緋緋神的影響，也算是不完全的緋緋神了。

聽完霸美這段不容小看的經歷後，就在我、亞莉亞與猴都露出難以言喻的表情時——

「——閻姊。」

津羽鬼很有氣質地壓著黑色和服的衣襬，從樓上走了下來。

「霸美大人雖然醒了，但因為剛起床的緣故，情緒果然不佳。還是等霸美大人用完早餐後，再安排會面比較好。」

「有勞了，津羽鬼，就那麼辦。遠山，亞莉亞，猴，汝等先暫待一會。畢竟能否得到殼金，全看霸美大人的心情而定。」

閻說完後，津羽鬼便對樓下來來往往、打扮宛如女官的的鬼們下達各種命令——要她們把應該是給霸美當早餐的水果端到樓上。

而閻和我們也被招待了飯糰、西瓜與日本酒，但是……鬼的料理實在很粗糙，飯糰沒有包料，西瓜也只是切成四分之一直接用啃的。在重要的會面前又不能喝酒所以婉拒掉了。尤其要是讓亞莉亞喝酒，她又會大哭啊。

用完餐後，閻為了打發時間拿來一副將棋……然而鬼玩的將棋是中將棋，使用一堆像『銅將』或是『醉象』等等我沒聽過的棋子。如果換成金女來或許還有辦法，但我只能一邊聽閻指導規則，一邊和她下棋，感覺相當奇妙。

——啪——啪。放棋的聲音斷斷續續響起。

「話說回來，閻，妳上次……掉到後樂園之後，是怎麼跟其他鬼會合的？」

——啪。

「嗯？就游到鬼之國來。」

——啪。

「喂，妳什麼都沒做幹麼拿走我的棋子！」

「『獅子』不需移動即能吃下接鄰的棋子。這叫獅子的居食。」

「哦～……等等、喂！妳、妳從東京灣一路游到這裡嗎？」

聽到我稍遲了一段時間才吐槽後……

「沒錯。雖然也有借助海流，不過余七天七夜抵達了。」

閻拿著棋子的手擺出蝶泳的姿勢給我看。

……真的假的。連續游一百六十八小時，橫渡幾千公里嗎？

雖然早就知道，但這傢伙真的是個怪物啊。或許我想做應該也做得到，但我一點都沒這種念頭就是了。

霸美據說是比這樣的閻強上七倍，過去面對各國的超人戰士都能一擊打倒對方，堪稱鬼中之鬼。讓狀況發展成用對話、交涉的方式請她把殼金還給我們，果然是比較高明的手段。

我瞥眼看向趴在地上玩抽將棋（註2）的亞莉亞與猴……忍不住小小鬆了一口氣。中將棋最後以我的慘敗收場之後，閻說了一句「遠山太弱，讓余都睏了」便躺下身子。

然後翻身背對嘀咕著「那是因為時差吧」的我，不到五分鐘就開始發出像是打呼的聲音。

註2「将棋崩し」係日本將棋的玩法之一，類似疊疊樂。

在透過枝葉縫隙灑入窗內的陽光中，正當我乖乖把棋收回盒子時……

「……余在睡覺，故底下皆是夢話……」

彎起手臂當枕頭的閻，忽然用小到只有我能聽到的聲音背對我呢喃起來。

「？」

雖然這開場白有點奇怪，但她似乎是想傳達什麼祕密讓我知道的樣子——

於是我沒多說什麼，慢慢收拾棋子的同時傾聽閻的聲音。

「……近來，霸美大人變得異於往昔。緋緋神大人對她的影響貌似一日比一日強烈。余推想，緋緋神大人是打算在不讓周圍的余等察覺——亦即讓余等保持服從之下，想要侵蝕霸美大人的心靈。」

也就是說……

閻現在也面臨著同伴漸漸被緋緋神取代的狀況是嗎？

或許閻她們最近的態度稍微比較合作，是因為對於想要阻止亞莉亞被緋緋神取代的我感到心情上有共鳴的緣故。

「……緋緋神大人的力量遠比鬼強。余等雖無反抗之意……但余等皆喜歡純粹、奔放而自由的霸美大人，希望她能永遠保持天真爛漫的性情……」

閻……妳……

該怎麼說？妳就算是鬼，也還是懷有類似父母心一樣關愛那個霸美的心情嘛。

雖然這樣的比喻會變成身為父母的閻在服侍身為孩子的霸美，聽起來好像很奇怪，但其實也不然。畢竟在一般社會中——

做父母的總是會誠心誠意為自己心愛的孩子奉獻一切。那就跟服侍孩子是一樣的。

畢竟閣在立場上不能明講，只能靠假裝說夢話的方式傳達這些話，因此我也無法向她親口確認……不過實際上閣她們也並非樂於協助緋緋神的。

她們即使抱著最喜歡的霸美可能遭到取代的擔憂，也僅能乖乖服從於透過霸美的嘴下達的命令而已。

雖然好像很複雜難懂，但照我的歸納總結就是——

閣她們同樣也是被擁有智能犯一面的緋緋神，利用巧妙手法陷害的受害者們啊。

聽說謁見的準備已經完成，於是我們在閣與津羽鬼的帶領下——

爬上天守閣的四樓。

在樓梯途中，三樓以下那種宛如廢墟的感覺漸漸消失……大概是模仿古代安土城的裝飾也越來越多。

但畢竟鬼做事情都粗枝大葉的，四樓旁邊竟然是利用石油精煉設施的廢熱整天在燒熱水的公共澡堂，讓水蒸氣不斷冒進來。

就在腳下有蒸氣流動，牆壁塗成緋紅色的大房間中——深處有一張看起來像大魔王寶座的椅子——

單腳平放、單腳豎起的霸美就坐在上面。

她大概是用吃西瓜代替喝水在攝取水分，把整張臉都埋進剖成一半的西瓜中啃食著瓜肉。

朝向我們的捲翹頭髮呈現紅銅色，插有一朵紅色的彼岸花。

那顆小孩尺寸的頭「唰」一聲抬起來——

「找～到了！啊哈哈哈哈！」

霸美露出充滿野性的表情凝視亞莉亞，發出像小學女生般的笑聲。

在她背後的牆上，畫有金色的織田家家紋——五瓜紋。王座兩邊各插著一面黑底紅字、繡有『無』的旗子，以及左右各兩隻非戰鬥型的鬼女官，總共四隻在旁伺候。

「……霸美……妳的心情，我明白。我多少能夠感受得到。」

在我身邊的亞莉亞如此說著，把手放在自己左胸埋有緋彈的部位，往前踏出一步。

對於最近越來越像個超能力者的亞莉亞所說的話語……我豎耳傾聽。

而雖然原理不同但一樣是緋緋神的霸美也是。

「妳就是所謂的天邪鬼吧？總是在尋找自己中意的對象。是那種遇到有戰鬥價值的強大人類才會喜歡上的類型。」

「——對！霸美喜歡強者！天下布武，讓戰爭籠罩世界，找出強者。霸美，要成為，比自己強的人的東西！」

太好啦。那個感覺和人類無法溝通的霸美——

現在第一次回應亞莉亞的對話了，雖然話語講得還是不太清楚啦。

武。

——霸美一直在尋找比自己強大的對象。

也就是能讓她享受自己最喜歡的『戰鬥』樂趣的強者。

為了找出那樣的對象，她才會向天下散『布』『武』力，用自己的方式做到天下布武。

我聽起來就是這樣。

「怪不得妳會被緋緋神選上呢。感覺妳比我或猴來得更能和緋緋神心意相通。可是霸美，和妳相通的緋緋神——是個不會判斷善惡，只管自己喜歡而胡作非為，非常自我中心的傢伙喔？」

妳有資格說別人嗎，亞莉亞？

這句話雖然差點脫口而出，但我還是忍了下來。

「幾千年來，那個自我中心的緋緋神牽連了許多人、妖怪與鬼。我和猴，還有妳霸美也在其中。妳心中的想法，正受到緋緋神利用呀。我現在打算去把那個緋緋神的真面目查出來，然後好好教訓一頓。但在那之前……金次也有跟妳說過了吧？我需要妳持有的殼金。所以把它還給我。」

亞莉亞即使面對鬼王——霸美，依然毫不畏懼地挺起她平坦的胸口，提出自己的要求。

不愧是德文郡達特摩爾．巴斯克維爾的真實領主大人。那種天不怕地不怕的個性，在這種時候真可靠。

然而——

「不要！霸美，要聽緋緋神的話。緋緋神說，那個不要還回去。現在沒有戰爭，無聊。霸美明天，要去日之本和中津國天下布武。讓強者出來，開始打仗！」

霸美穿著一齒木屐的雙腳用力亂踢，還氣憤地露出利齒。

日之本、中津國——指日本和中國嗎？

她明天準備在這兩國做什麼事情？

因為某種原因，腦袋漸漸進入爆發模式的我……

很快就看穿了霸美的意圖。

——不妙。這絕對是緋緋神看到聚集在這裡的成員組合，然後灌輸給霸美的劇本。

緋緋神想必是打算在中國方面讓猴變成孫，在日本方面附到霸美身上——讓自己的化身們各自出擊——在不缺火種的這兩國間擔任點燃導火線的角色，企圖讓兩國互相發動像梅露愛特所預想的那種恐怖戰爭。

被冠上R級武偵稱號的GⅢ據說光靠一個人就能毀掉一個小國，是像核武一樣的人類。能夠與之匹敵的超人，在中國跟日本應該也有幾名。

要是中國受到緋緋神的引誘而派出那樣的超人，日本為了與之對抗就會照做。反過來也是一樣。

跳過宣戰跟開戰的步驟，直接派遣超人破壞對手的重要設施或暗殺重要人物，以及阻止這些行動的超人之間就會在各地陸續展開單挑。

那樣的戰鬥，相信會伴隨許多無辜的犧牲。

感覺就像把理子玩的遊戲——戰國無雙跟三國無雙改成現代版然後混雜在一起，連累到現實中的人類……！

（而亞莉亞她——）

在這個劇本中等於是多餘的。

會這樣的理由，爆發模式下的我也能明白。

之前在乃木神社戰鬥的時候，緋緋神選擇撤退的時機比在香港和孫戰鬥時還要快。緋緋神感覺相當保護亞莉亞。

對緋緋神來說，亞莉亞的用途肯定跟猴或霸美不同。

就跟猴一樣，從關於霸美的形容聽起來，她身為緋緋神的附身對象也不完全。

相對地，亞莉亞恐怕在緋緋神眼中是屬於更上位——也就是能成為完全附身對象的存在。換言之，她能夠成為完全的緋緋神。

而實現這件事的時期，從霸美的發言中也能清楚知道，就是明天。明天緋緋神會讓孫和霸美負責點燃導火線，引爆恐怖戰爭……誘使日本和中國派出超人，然後自己再和那些人戰鬥。附到亞莉亞身上，用完全緋緋神的姿態。

——這下已經刻不容緩了。

這座天守閣，就是命運的分歧點。

無論如何都要想辦法把最後的殼金搶回來，封印亞莉亞的緋彈才行……！

就在我不禁臉色發青的時候……

「──霸美大人，請恕屬下直言。此次的天下布武，還請您再三思。」

閻往前踏出一步，如此說道。

我把視線轉過去，發現在閻身邊的津羽鬼──即使勉強保持平淡的表情，還是額頭冒汗，雙腳發抖。

拿著孔雀羽毛在為霸美搧風的鬼女官們，也紛紛露出畏怯的眼神。

她們的表情看起來就像現場隨時可能有人遭到遷怒砍頭，被霸美身後那把放出深灰色光澤、遠比霸美本人還要巨大的戰斧。

或許在施行封建主義的鬼族世界中，閻這樣反抗上級的發言是非常恐怖的禁忌吧。

氣氛上就好像織田信長被家臣提出反對意見時一樣。

難以言喻的緊張感頓時充滿整個大房間。

「天下布武如今已不再容易。屬下閻、旁邊的津羽鬼與那個壺，各自敗給了遠山、賽恩與亞莉亞。小看人類輕易出征，只會重蹈千年前鬼所犯下之過錯。」

「現在急著馬上布武，難保緋鬼的血脈不會就此斷絕。霸美大人，請、請務必三思。」

閻和津羽鬼……

基於她們在倫敦與我們戰鬥過的經驗，想要告訴霸美不能小看人類。

的確，要是日本和中國的超人戰士們紛紛冒出來，先姑且不論霸美，但……

她的部下們即便是鬼，也搞不好會成為我剛才所想的『無辜犧牲』。拿遊戲來形容，有點像中頭目的感覺。

就像英國有賽恩一樣，比我強的傢伙在亞洲想必也大有人在。如果被捲進那樣的戰爭中，緋鬼們恐怕就會滅亡了。

閻與津羽鬼接著又說道：

「余等在英吉利便開始猶豫遲疑，追求『武』之路會否成為一條通往滅絕之路。」

「停、停止對中津國進攻，改與其共圖繁榮，請問如何？亦即，探索愛的道路。」

她們試圖理解我在大笨鐘的戰鬥中所教導的『愛』的概念，甚至還往上推薦。

被鬼之國的大臣級人物──閻和津羽鬼如此諫言的霸美……

「……我、不太懂。」

說著，像扮鬼臉似地吐了一下舌頭。

然後便閉嘴不再說話。

沉默不斷持續。

「霸、霸美大人，求求您了。此次的天下布武，務必請三思呀。」

津羽鬼當場跪下……磕頭，再度懇求起來。

「另外也懇求您，將鬼袋中的穀金賞賜予亞莉亞。緋鬼乃自己思考、自己行動，自由自在的鬼。緋緋神大人之威光，對緋鬼亦可謂過猶不及。屬下認為應當暫緩緋緋神大人降臨於亞莉亞，提升霸美大人的地位以對抗緋緋神大人。」

──將殼金還給亞莉亞，阻止她成為緋緋神，好讓緋緋神與霸美之間能取得戰力平衡。閻也基於她自己這樣的論點，幫忙提出了我們『把殼金還來』的要求。

可是……霸美卻鼓起腮幫子，不為所動。

然後……

「……謀反嗎？」

一臉無趣地小聲呢喃後──劈里──

彷彿雷雲般釋放出讓空氣帶電的殺氣。

……鬼女官們紛紛停下搧著孔雀羽扇的手。

她們害怕得無法動彈了。明明她們好歹也是鬼的說。

而就連爆發模式下的我，也感到額頭滲出汗水。

如果閻說過的話只是嚇唬人就好了，但霸美現在釋放出的壓力──真的不輸閻的七倍，相當具有壓倒性。她那嬌小的身體中，的確蘊藏有那樣程度的力量。彷彿無論戰艦還是空母都能摧毀殆盡的最終兵器就擺在眼前般，讓我感到一股難以言喻的壓力。

要是她火大起來，讓那力量爆發──

「簡直無趣！」

霸美用莫名讓人會聯想到織田信長的語氣如此大叫後……

抓起放在王座旁邊的一瓶洋酒，啪！

用牙齒咬破瓶塞，吞下一口酒。

然後把酒「噗哧！」地化成霧狀噴到自己手上。

「閻，津羽鬼，讓霸美生氣了。」

那行為，是為了止滑。人類使用手槍或刀劍的時候，也常會這麼做。

換言之，這場交涉……

失敗收場了。

但這應該不是我們的失誤。對於在緋緋神的問題上與霸美站在類似立場的亞莉亞所說的話，以及長年與霸美相處的閻和津羽鬼提出的意見，霸美應該多少會聽進去才對。

但她現在卻是毫不留情地冷淡拒絕。可見——

雖然因為是眼睛看不到的現象所以沒有確證，不過肯定是緋緋神做出了什麼對應。透過從遠端對霸美的思考提高影響力的方式。

我在爆發模式下得出的這個預想，閻似乎也有想到……

「……雖然您才剛睡醒，但還是要請您再躺一下了。恕屬下無禮，還請交手一場。」

她雖然表面上保持對霸美講話的態度，但金色的雙眼感覺已經和恐怕就在霸美靈魂另一邊的緋緋神完全決裂了。

接著……

「——紅天扒角，請您好好見識。」

碰！似乎預先藏在非洲風和服背後的狼牙棒垂直掉落到她腳邊。
闇緊接著側身架起那根帶有光澤、呈現血紅色的八角柱狼牙棒。
那外型比起一般印象中『鬼的狼牙棒』更接近於棒狀，幾乎完全是角柱形。
……妳……妳要動手嗎，闇？
跟那個戰力不只兩倍、三倍，而是比自己強七倍的對手打？
雖然外觀上看起來剛好相反，不過闇挑戰霸美的行為，簡直就像幼稚園兒童挑戰職業摔角手，連對手都稱不上啊。
「住、住手，闇。就算是妳，面對霸美也會被碎屍萬段的！」
「不要這樣，起內訌又有什麼意義！」
我和亞莉亞都急忙制止，但闇卻絲毫不把視線轉過來。
猴則是「哇哇哇……」地緊抱起偃月刀，把尾巴捲進迷你裙中，慌張地東張西望。
大概是因為不想看到闇最後的下場，津羽鬼保持磕頭的姿勢，伏著臉哭泣起來。
不、不妙，這下要開打了。
明明現在緋緋神就快要復活，根本不是打鬥的時候啊！
唰！唰！如猛牛般踢了兩下地板，把腳固定位置的闇……
「霸美大人也請拿起破星燦華鉾吧。」
或許是只有自己拿武器有違她的美學，而催促霸美也握起武器——恐怕就是那把巨大的斧頭。

「不需要。」

霸美甩起雙腳後——

「踏！」一聲站到王座前。

接著張開兩腿微蹲，稍微前傾身子，彎起手臂握緊拳頭。

雖然眉梢上揚，但嘴角卻在笑——表情看起來相當愉悅。

我猜得果然沒錯。即使沒有像以前的孫或亞莉亞那樣明顯，但那的確是……緋緋神的表情。

「好！來吧！」

就在霸美大叫的下一瞬間——

——唰——

應該在閻腳邊哭泣的津羽鬼忽然消失了。

不對，不是消失，是移動才對。能夠超高速奔馳的津羽鬼剛才假裝在磕頭，但那其實是像蹲踞式起跑一樣的衝刺準備姿勢啊。

然後她趁著霸美把注意力放到閻身上的機會，用頭——用犄角發動了奇襲。

看來閻和津羽鬼早有設想到與霸美戰鬥的可能性，而兩人套好某種戰術了。就在進入這房間開始談話之前。

「碰！磅！」的聲音遲了一拍才傳進我爆發模式下的耳朵——

接著從瀰漫在大房間中的水蒸氣流向，我才總算理解了津羽鬼一直線衝向霸美的軌跡。

蒸氣在霸美的地方形成漩渦，變得像雲一樣。

我聽到的衝擊聲有兩次，第一次是津羽鬼往地板蹬的聲音。

而第二次就是化為砲彈的津羽鬼撞到霸美的聲音……！

「……嗚……！」

就在我、亞莉亞與猴屏息之中——王座附近的水蒸氣漸漸散去……

出現在眼前的畫面，又更加讓我們發不出聲音。

津羽鬼打算刺進對手胸口中心的犄角……

被霸美用單手抓住了。

「啊哈！」

在笑的同時，表情看起來有點意外的霸美——

並不是在事先就注意到閻和津羽鬼的作戰。

而是臨時擋下來的。

津羽鬼的速度就算是爆發模式下的我也沒辦法看清楚。要是被她偷襲，絕對不可能辦到用手抓住犄角這種事情的。至少我辦不到。

可是霸美卻做到了，而且輕輕鬆鬆。

（……不過……！）

即便沒傷到對手一根寒毛，津羽鬼的攻擊依然算是成功。

畢竟礙事的鬼女官們都逃走，霸美的身體也多少失去平衡。
更重要的是，現在這個瞬間，霸美的右手被津羽鬼封住了。
靠立在王座背後的巨大斧頭比我去年十月在空地島看到的那把巨斧還要大兩倍。當時那把斧頭對霸美來說是單手斧，但現在這把肯定是雙手斧。也就是說，這下霸美應該沒辦法馬上使用它！
「——閻姊！」
津羽鬼尖銳的叫聲也不是在求救，而是『趁現在！』的意思。
「——看招！」
碰碰碰！閻宛如軍馬似地跳躍起來……
她手上的狼牙棒・紅天扒角削過天花板破洞的邊緣，把鋼筋水泥像樹枝紙片般粉碎——「轟轟轟！」地夾帶著衝擊波往下揮落。不但靠閻渾身的力氣，還加上她那巨大身體的全部重量。
碰磅————！
伴隨重工機械般的聲響，霸美用左手背擋下攻擊。
她本來就張開微彎的雙腳變得更加彎曲，讓姿勢看起來就像蹲下。不過……
那是為了彎曲手背保持平衡，使閻連同狼牙棒一起停留在半空中的動作。
「嘿嘿、嘿！」
霸美接著抬起彎曲的一邊腳，另一隻腳蹦蹦跳跳。右手彷彿跳舞般誘導津羽鬼，左手則像雜耍師一樣誘導閻……

把閻和津羽鬼的臉都湊到自己面前，幾乎要貼在一起……

「嘻嘻嘻——喝啊啊啊啊啊！」

接著大叫一聲，冷不防地把那兩人往左右摔開。

「——嗚！」

「——呀啊啊啊！」

閻和津羽鬼簡直就像小石頭一樣往兩邊飛去，撞在牆壁上。

——呼沙沙沙沙沙！強陣風般的氣流以霸美為中心，在房內吹颳。我和亞莉亞都忍不住一步、兩步地往後退下，猴則是一屁股跌坐到地上。

剛才這招——

乍看之下很像是摔投，但其實不是。

是撞飛的，只靠霸美釋放出的氣魄。

「……閻……津羽鬼……！」

天守閣的牆壁就像紙窗紙門一樣破裂，讓閻和津羽鬼——一路破壞外面的樹木與建築物，從四樓往下摔落。現在已經不見蹤影。

「好了，剛才那已經讓緋緋神夠開心了吧！快點鎮靜下來，霸美！」

亞莉亞用宛如把閻和津羽鬼當成給緋緋神的供養品一樣的講法，試著制止霸美。

然而——

「不夠，不夠！這種程度，緋緋神，不會開心。」

霸美往正後方一跳——

——「咚！」一聲用單齒木屐站到那把巨斧上面。

「……要開心……」

因為霸美的體重，靠立在椅背上的巨斧……緩緩傾斜……

……轟隆……！

斧刃落在地板上，震撼了整棟天守閣。那聲響聽起來至少有七百公斤啊。

「遠山！你，戰鬥！緋緋神，是霸美的朋友。一起開心！」

又大、又厚，與其說是斧頭還比較像鐵塊的那把巨斧……

被霸美舉了起來。

而且教人吃驚的是，只用單手。

不僅如此，她還把那巨斧當成扇子——

「——人、間、五十年——」

跳起舞來。

雖然因為不是閻那種低沉的嗓音，所以沒什麼氣勢，但那是據傳信長也很喜愛的幸若舞「敦盛」。

對霸美來說，那把巨斧的重量……別說是雙手斧了，連單手斧都稱不上。根本就像扇子一樣輕。

那已經不是用『怪力』就能形容的了。
真要講起來——就是超力之鬼。這就是霸美。
而且，她的舞蹈毫無破綻。
畢竟武家喜愛的幸若舞有受到武術動作的影響。因此現在沒辦法對她發動奇襲。
不過，即使如此……
……有一件事情，其實我從進入這房間後就有發現……
霸美本身有破綻。
要說有的話還是有，身為女孩子的破綻。
而且非常嚴重。
首先——
閻這群緋鬼穿的是和服，雖然在花紋上有受到非洲文化影響就是了。
以前玉藻也有說過，女生穿的和服並沒有現代日本使用的那種貼身衣物。
然後，霸美的坐姿與站姿都很不端正。這點就跟猴或亞莉亞一樣，大概是因為緋緋神的力量讓身體成長停止的緣故，讓智能也保持得像小孩子了吧。
而她坐在那張王座上時又讓兩腳亂踢，剛才又在我眼前打了一場格鬥戰。
於是我的視網膜在那一瞬間不斷捕捉到比莎拉的龍捲地獄還要誇張的畫面，傳送到大腦皮質的視野區。這項唐突獲得的視覺記憶雖然足以讓人踏上對男性而言非常重要、但我一點都不想往上爬的階梯……然而畢竟我無法確定鬼與人類的身體構造是否相同，因此在正式上我還沒完全踏上那階梯。

但不管怎麼說，我已經進入爆發模式的事情還是要另當別論，必須當成事實接受才行。

不過，關於這一點——

我不需要因為被那種外觀像小學三～四年級的女孩子誘使爆發的事情感到反省或自我厭惡到用櫻花割腕自殺。沒有那個必要啊，金次。畢竟對抗猴&孫的時候我自己提出的『即使外觀像小女孩，只要本能上意識到對方實際年齡比自己大，就算爆發了也無罪』的說法還沒有遭到否定。

霸美的確是嬌小可愛。或許是對自己的強度有自信的緣故，她身為一個女孩子卻破綻百出。然而對於因為那樣的霸美進入爆發的事情，我還是有為自己辯護的——

「金次！」

——亞莉亞的聲音頓時讓我回過神來。

不知不覺間，拔出雙槍的亞莉亞與架起青龍偃月刀的猴，分別從我左右兩邊往前踏出一步了。

「我感覺得到，緋緋神對霸美的影響漸漸變強了。」

「猴也是。霸美和猴或亞莉亞都不同，是透過新的聯繫方式。」

透過緋緋色金與緋緋神相連的兩名舊型，與不靠色金就能讓心與緋緋神相通的新型霸美——大概是引發了從前夏洛克提過的共鳴現象，看起來微微綻放出緋色的光芒。

看來就在我只顧著思考自己的事情時，事態稍微有點進展了。

「——亞莉亞，猴，別這樣。霸美大人指名的是我啊。」

我從那兩人中間往前邁出步伐……

同時如羽毛般輕撫亞莉亞與猴的臉頰。

於是她們各自「呀嗚……！」「呼哇……！」地發出顫抖般的聲音，暫時把戰意收回去了。真是可愛。

「我可不想看到可愛的妳們爭鬥的模樣。就算那是神的——」

「……你進入了吧，金次。為什麼！」

爆發金次的臺詞說到途中就被露出犬齒的亞莉亞大吼一聲打斷，還被她舉槍瞄準了。不過……

「——我永遠都是因妳而進入的。至今如此，將來也如此，都只有妳啊。」

撒謊也是權宜之計。有時候，與事實相異的話語反而是一種溫柔。

而聽到我那樣溫柔的謊言，亞莉亞一如往常地演出急速紅臉術。

露出的犬齒一時失去目標，只能空咬幾下。

然後……

「——好啦，霸美。」

華麗通過猴與亞莉亞這道關卡的我，重新轉身面對霸美。

唉，要一次應付三名女性，還真是費勁呢。

「妳想要戰鬥──想要我對吧。那就給妳。」

在倫敦，是我提倡愛，那群鬼帶來戰事──

但在鬼之國，卻是那群鬼提倡愛，我帶來戰事。

命運實在是有夠諷刺的。

「好！金次！來！」

面對把平坦而缺乏起伏的胸口挺起來的霸美……

我試著詢問自己有點在意的事情：

「……霸美，讓我提一下很久之前的事。霸美妳以前在宣戰會議上，毫不猶豫就選擇站到眷屬勢力對吧。那是為什麼？」

結果霸美輕輕把巨斧扛到肩上──

「嗯？嗯～……？……哦！想起來了！只要加入眷屬，就能得到殼金。得到殼金，就可以和厲害的金次戰鬥！在那之前，夏洛克這樣說過！」

原來如此，原來如此。

我決定把那傢伙再次列入『絕對不原諒』名單中了。

畢竟馬許從那名單脫離後，只剩下原田靜刃一個人孤零零的，這樣也好。

果然從那時候開始，夏洛克就在擔任這群鬼的軍事顧問了。然後透過觀察極東戰役──持續在進行緋色的研究，也就是針對緋緋色金的研究。關於亞莉亞的情報，也是經由這群鬼獲得的。

接著等到緋緋神即將降臨到亞莉亞身上的此刻，他就把緋緋色金的附身對象……亞莉亞、猴與霸美從世界各地集結到這裡來。

目的是將重要人物全部湊在一起，對緋緋色金相關的所有事情進行結算，得出『結論』。

然而，即使緋緋色金的事情很難推理……夏洛克還是知道了那對於亞莉亞來說，無論如何到最後都會是悲劇收場。

（夏洛克那傢伙——是打算讓我來推翻這一點！）

照道理思考，殼金絕對沒辦法從超力之鬼・霸美手中搶回來。亞莉亞只能落得被緋緋神附身的下場。這是神的旨意，是人類無法反抗的結論。

但只要讓摧毀推理的存在——也就是身為『咢』的我介入其中，推理的理，道理就會被破壞。藉由『讓不可能化為可能』的行為。

因此，既然我現在做出行動——

——推理的時間就結束了。

接下來究竟會如何發展，就算是夏洛克也推理不出來。

誰也無法預測、由我親手創造的未來，即將開始。

首先，我要摧毀通往悲劇結論的推理之路。

然後重新造出一條路，通往完美結局。

——我要在這裡從霸美手中搶回殼金。從變成緋緋神的危機中拯救亞莉亞，讓一切圓滿收場，趕快回去武偵高中。畢竟期末測試就快到了，而我拚上性命才好不容易接受亞莉亞教導過功課啊。

「霸美，要用，斧頭！遠山，火繩槍，刀，用不用？」

霸美用完全像個小女孩的動作歪頭向我詢問……

話說她手中那玩意即使有個『破星什麼什麼』的帥氣名字，對她來說也只是一把單純的『斧頭』啊。

「我對付小孩子不會用槍用刀啦。」

我雖然嘴上說著很有人道主義的臺詞，但這只能算表面話吧。

反正那些東西一定也沒什麼用，而且按照遠山家理論，徒手才是最強的。

所以我會用全力。我要以我現在最強的狀態來迎戰。

在這點上，也跟剛才的閻VS霸美剛好相反呢。霸美有拿武器，而我赤手空拳。

「這樣好嗎？霸美，第六天魔王。從魔王手中，逃不掉喔。」

霸美與其說是因為體重、不如說是因為斧頭的重量而「碰！」一聲踏響腳步，把張開的雙腿往前邁出一步。

「我不會逃的。」

我也往前邁步。畢竟我不喜歡拐彎抹角拖拖拉拉，所以在大房間中很直接地往前走。

「霸美，妳早餐吃了什麼？」

「西瓜。」

「就只吃西瓜？」

「對。」

「嗯……算了，沒關係。」

我和霸美如此對話的同時，縮短雙方距離。

然後——

輕易就進入彼此的攻擊範圍內了。

現在兩人之間的距離是一公尺半。

在我看來，這就好像站在一枚戰術核彈正前方的感覺。

我低頭看著霸美。

霸美抬頭看著我。

好啦，面對這隻戰力有閻七倍以上的超力之鬼——該怎麼做才好，金次？

「……金次……！」

亞莉亞感到不安的聲音從背後傳來，不過……

「別擔心，常有的事了。」

如此回應的我，沒有把頭轉過去。

畢竟要是我轉向她，就會被她看到我額頭上滲出的汗水。

——通往勝利之路。

——拯救亞莉亞之路。

感覺好像有，又好像沒有。

但人生中本來就不是所有的路都清清楚楚。要不然就不會活得這麼辛苦了。

踏上未知的道路。

不得不這麼做的局面，在一生中難免會遇到。

話說，我遇上的幾乎都是這樣的局面啊。明明我就想活得輕鬆一點的說。

我在心中為自己的不幸輕輕嘆息，並做出覺悟。

然後呼吸一口、兩口。

霸美彷彿在配合我的呼吸與脈動似地凝視著我，接著……

「天下——布武！好，放馬過來！」

她用右手扛著綻放藍光的鐵塊——破星燦華鉾，張開左手心伸到前方。

雖然豎起眉梢，卻露出太陽般的笑臉。

看起來還真開心呢。

「霸美妳來吧。」

我這麼說並不是在耍帥。

是因為我打格鬥戰的步調基本上都是靠反擊。

霸美用左右兩手握住斧柄後……

「——嘿、嘿、喲——喔喔喔喔喔——」

將那把恐怕在實戰上是世界最大的斧頭高高地、高高地舉起。

——嘶嗚嗚嗚嗚嗚隆隆隆隆隆隆隆隆隆——！

非常單純地、筆直地把斧頭揮下。

雖然招式單純到甚至帶有某種美感，但不論霸美本身還是斧頭都太過異常，超出了能夠想像的次元——

不只是周圍的空氣，甚至感覺連空間本身都會被砍斷的未知攻擊。

——在爆發模式下看到的超級慢動作世界中——

面對那樣的攻擊，我只能呆呆站著。

宛如因為那力與美而感到痴迷似的。

死前跑馬燈般閃過腦海的對抗招式畫面，這次也是片段性的。

首先是閻在後樂園說過的證詞。

當時她的發言是『即使有七個余，也難敵霸美大人』。

如果霸美的強度是閻的八倍以上，她應該會說『即使有八個余』才對。因此可以推測霸美的強度是閻的七倍以上，八倍以下。

——而閻與爆發模式下的我強度相當。

換言之，我只要發揮平常八倍的攻擊力，應該就能與霸美對抗。

接著，第二個關鍵……

就是關於我和GⅢ在內華達州的沙漠放出『櫻星』的記憶。

那是GⅢ靠流星——也就是櫻花推動我的身體，和我本身使出的櫻花合起來達到二馬赫的招式。

櫻花之間是可以相加的。

假如有我和GⅢ各四人，總計八個人，應該就能創造出對霸美有效的『八倍櫻花』了。但問題在於，現在我必須一個人完成這件事。不過——

畢竟我是哿（Enable），已經想到化為可能的手段了。

第三個通往勝利的關鍵就是……

在天空樹上與華生的戰鬥中以及在伊・U的洗衣間，我**只用手臂**釋放出的櫻花。

既然只用手臂就能辦到，那麼理論上只用腳或只用軀幹應該也可以。

讓肉體達到櫻花速度的傳遞次數，最少四次，利用『腳尖↓腳踝↓膝蓋↓骨盆』就能完成。右腳一馬赫，左腳一馬赫，加起來兩馬赫。

再來從腰部開始使用脊椎中的腰椎四骨、胸椎十二骨繼續傳遞速度，總計可以再加四馬赫。

最後用『肩膀↓手肘↓手腕↓手指』的右臂和左臂再添上兩馬赫——

（——八倍櫻花——！）

感覺只要斧刃接觸的瞬間就能把我蒸發掉的破星燦華鋉，朝我的腦門落下。

而我——

——鏘————！

用交疊的雙手擋下攻擊。

使出渾身解數的八倍櫻花、的秋水版。

成功啦，我成功啦！擋下來了。

一＋一＋一＋一＋一＋一＋一＋一＝八。雖然上次在亞莉亞面前算錯，但這次我就沒把加法算錯囉，真棒。

「……嗚……！」

天生的強者，甚至被神看中的鬼中之鬼霸美……

把緋紅色的眼睛瞪得圓圓地，看向巨斧和我手掌間的交點。

然後……

眨眼了。露出只要當過我的對手大家都會做的那種『看到難以置信的畫面』的表情。

——然而，這還不算勝利。

只不過是擋下了敵人的攻擊罷了。

要獲勝，就必須反擊。

但對手是個女孩子，而且是這次讓我進入爆發模式的本人。我實在不想傷害她。

不，打從一開始……在這場戰鬥中，我就沒有傷害霸美的必要。

因為勝利的條件，只是奪回彀金而已。

所以——啪！

我首先用有心就能辦到的左手指櫻花，在破星燦華鉾的鈍刃上鑿出洞，用力握住。
然後固定住斧頭……
（鬼袋，就在胃的正上方。）
瞄準從壺口中間出來的鬼族特有器官位置，在心中道歉的同時……
把手放到霸美有那麼一點點隆起，但還是很平坦的胸口上。
「哇嗚？」
面對被男人摸到胸部也只會疑惑地張開嘴巴的年幼霸美……
「抱歉了。」
我開口道歉後。
——再度使出一招定勝負的八倍櫻花——！
用八馬赫這種超高速放招，別說是衝擊波了，光是空氣摩擦生熱搞不好就會讓手臂燒起來。因此就跟剛才一樣，這類的櫻花必須用秋水的方式攻擊才行。
——嗚嗚嗚嗚嗚嗚嗚咻碰——！
在爆發模式的超級慢動作世界中，體內的八次櫻花產生的聲音聽起來就像填充聲響，衝擊聲聽起來也跟普通的櫻花完全不一樣。
而我這一擊的目的，並不是打倒霸美。
上次我用掌擊——羅剎擊中閻的腹部時，讓閻把酒吐了出來。
這次就是從中得到提示，以『讓對手吐』為目的的打擊。

有如戰車榴彈爆炸的聲音，從霸美的身體響遍整棟天守閣……
「嗚！」
她發出一陣呻吟後，嘩啦嘩啦！
東西開始從她口中洩了出來。有如一臺人肉幫浦，不對，鬼幫浦。
「嘔噁噁噁噁噁！」
霸美就這樣四肢趴到地上，把收納在鬼袋中的東西吐出來。
而她鬆手放開的巨斧，「轟！」一聲掉落在我旁邊——
「……！」
亞莉亞、猴以及聚在大房間牆角發抖的鬼女官們都紛紛張大嘴巴傻住。不知不覺間來到房間角落看情況的其他鬼們也是一樣。
畢竟那個天下無雙的霸美大人，竟然被我一拳就擊倒了嘛。
「……啊~不是這個，這個也不對……」
不過我暫時先不理會大家的反應，從霸美吐出來的東西中撿起大顆的珍珠、瑪瑙梳子、刻有『天下布武』文字的古印章等等物品，丟到一旁。
因為原本是裝在身體裡的緣故，所以東西都溼答答的也無從計較了。反正也沒什麼怪味道。而且跟會溶化物質的胃液不一樣，是感覺比較類似唾液的分泌液體。
「嗚嘔嘔噁噁噁噁噁！」
從鬼袋把東西吐出來大概是相當不舒服的事情，霸美哭著臉繼續吐出各式各樣的物品。

黃金骰子、陣礫的小盤子、珊瑚笛、白銀指環……

咕嚕。好像有什麼東西卡到她的牙齒，於是我拍了一下她的後腦勺，咚！

最後，終於掉出來了。

——形狀宛如勾玉，像紅寶石一樣的東西。

這玩意很眼熟——就是最後一枚殼金！

……成功了……！

「已經沒了，吐完了，那個，殼金。」

趴在地上原地轉向一百八十度的霸美，也顧不得丟臉地用手抱著頭。大概是以為會被折斷的緣故，她用雙手護著自己的犄角，卻沒注意到自己把屁股翹得高高的。我還是不要把視線往下看好了。

「霸、霸美大人……！」「這年輕武士，請問該如何？」「殺掉。太遺憾了，這群人類……！」

我聽到背後傳來喧鬧聲，於是轉過頭去——

發現聚集到現場的鬼，正為了我毆打霸美的事情感到生氣。她們當然會生氣啦。這還在我的預料之內。

我看到亞莉亞和猴為了防御那些鬼的攻擊而擺出架勢……

「服了，服了，我認輸。不會再打啦。」

於是我先發制人，對那群鬼高舉雙手投降。

反正殼金早已收到我胸前的口袋。

我方的目的已經達到了。

雖然捶了女王大人的肚子一拳還講這種話有點天真，不過接下來我應該思考的是要怎麼和平解決。萬一被那群鬼攻擊，我就把亞莉亞跟猴抱在左右腋下，用遠山家傳承的『潛林』逃出天守閣好了。然後偷用鬼的釣魚船之類的工具，一路逃到小笠原群島去。既然閻從日本游到這裡，跟她同等級的我也要靠自己的力量回到日本去。

正當我在腦海中思考著這樣末期性的作戰，並用眨眼信號對亞莉亞傳達『KGG（殼金入手）』時……

「──不准殺～！」

站起身子轉過來的霸美……

「找～到了！找～到了！金次！比霸美強！」

明明吃了一記八倍櫻花還沒過一分鐘，就蹦蹦跳跳到我面前……啪！

「強者跟強者，很登對！」

用雙手雙腳抱住我的胸口，讓臉部與我同高後……

啾──

（……！）

給了我一個帶有西瓜味的的吻。

結果首先是大概不習慣這種事情的鬼們「呀～！」「接、接吻了！」「不小心看到啦！」地慌慌張張起來。

多虧如此，對方自己讓開打的氣氛煙消雲散了。不過——

——這下換成亞莉亞「嗚喂欸欸欸欸！笨蛋金次！」地爆發出開戰氣氛，所以算正負抵銷了啦。

唰啊啊啊！快速繞到我背後的亞莉亞從後面抱住我的雙腿，使出雙腳過肩摔（Double Leg Suplex）——！

也不理會事先放開我身體的霸美，騎到趴倒在地面的我背上，大喊著「你對一個！小女孩！做什麼！這個大變態！蘿莉控！蘿莉控是！全民公敵！」並朝我的後頭部來了一場鐵拳地獄。這下換成我把西瓜都吐出來了。

「……遠、遠山。拿到殼金了嗎？」

等亞莉亞用凶神惡煞的臉孔站起身子後，在一旁恐懼畏怯的猴才對我如此問道。

「拿、拿到了……」

於是明明毫髮無傷通過霸美的難關，卻被自己人削掉血條的哿先生搖搖晃晃站起來，從口袋掏出殼金交給猴。

看到這一幕的亞莉亞也總算把對我這個全民公敵的怒氣消了下去。大概是想起現在不是吵那種事情的時候了吧？

「——猴，妳有辦法把那東西放回我的胸口內嗎？」

「是，夏洛克卿就是把這任務交給了猴，可是……可是……」

「……可是？可是什麼？難道那不是殼金？」

亞莉亞探頭看向猴小小的手心。

「這是殼金沒錯。這的確是殼金的結晶。猴記得，跟藍幫以前持有的殼金有部分形狀可以完全拼在一起。可是，呃……」

也許是看一眼就知道了這件事的猴，露出懦弱的表情支支吾吾說道：

「……這個效力、已經消失了。」

效力……消失了？

「那是什麼意思？」

就在那群鬼們吵吵嚷嚷著「霸美大人要出嫁啦！」「花燭、拿花燭來！」「閻大人、津羽鬼大人，哪兒去了？」的時候，我和亞莉亞不禁逼問猴。

結果猴的額頭不斷冒出汗水……

「這東西，現在已經變得跟普通的紅寶石沒有兩樣了。一定是緋緋神透過霸美破壞了殼金的功能。雖然這件事做起來不容易，但擾亂施在殼金上的術法，把它逼到功能停止並非不可能。」

猴所說的話，簡單來講……

就是緋緋神出手妨礙過的意思了。

殼金原本被裝在霸美的肚子裡。換言之，等於是落在附身於霸美的緋緋神手中。

然後——就我理解的方法比喻——緋緋神駭入殼金，竄改了程式，從軟體層面破壞了這東西。

為了不要讓亞莉亞的緋彈再次被封印。

（……居然被、先下手為強了……！）

殼金。我們拚上性命收集來的最後一枚——早已遭到破壞。

也就是說……

……已經沒轍了。

亞莉亞沒辦法恢復原狀。

只能、變成、緋緋神——

「——啊哈哈——」

亞莉亞笑了起來。

把右手背靠在嘴角旁，挺起她嬌小的背。

遠離我們，走向大房間的深處。

搞不清楚亞莉亞究竟是怎麼回事的我們，只能呆呆看著她不斷在笑的樣子。

「哈哈哈、哈哈哈哈哈！」

……這個……笑法……！

長久相處下來的我可以知道。

亞莉亞在笑，是亞莉亞的聲音沒錯，但不是她的笑法。

「哈～哈哈哈哈哈哈哈哈！就是這樣，真是遺憾啊，遠山！」

……是緋緋神的……講話方式……！

她附到亞莉亞身上了嗎！

「其實從不久前我就隨時可以進到亞莉亞體內了，只是想等個比較好的時機。現在看到你們發現我破壞掉的殼金而沮喪，便趁這機會進來啦。猴跟霸美也在場，可說是最佳的時機了。」

啪！啪！扭動左右兩手、宛如跳舞似的舉止——

已經不是亞莉亞的動作了。

像舞台演員般誇大而優美，是緋緋神的動作。

就在我因為這突發狀況而不知所措的時候……

「——緋緋呀——面對人類，妳還想進一步出其不意嗎？」

這樣一句話，不是透過聲音，而是直接在我腦中響起。

這是……

瑠瑠神。之前在五十一區‧第89A管理區聽過的，瑠瑠神的聲音。

被她指名的緋緋，也就是緋緋神似乎也有聽到這聲音……

「什麼？」

緋緋神亞莉亞露出不悅的眼神，看向我褲子的右邊口袋。

而我也低頭看向那裡時……

「緋緋不是可以同時讓好幾個化身一起行動嗎？現身吧。」

聲音再度從我腦中響起，而彷彿與之同步般，我發現口袋中綻放出藍色的光芒。

於是我趕緊從裡面拿出鍍有瑠瑠色金的蝴蝶刀打開來——

「……嗚……！」

——它放出的藍光，好耀眼。

但並沒有發燙。以前這把刀還含有緋緋色金成分時，我在安蓓麗奴號上也有看過同樣的現象。

從狀況上我直覺知道，是瑠瑠神連結過來了。

從紐約到這裡，一直都銷聲匿跡般保持沉默的瑠瑠神……到這時才總算做出行動。她是在等待緋緋神現身的時刻。

然而——若真如此，或許不太妙啊。

趁著我的注意力被瑠瑠神引開的機會，這次換成——

「嗚……！遠山……！這是、這感覺是……孫……她……」

「啊、啊啊……！」

猴與霸美忽然呻吟起來，釋放出和亞莉亞一樣如霧氣般的氣場。

在瞬息萬變的事態中，身為超能力門外漢的我還是盡自己的努力試著把握狀況——猴和霸美放出的光芒差不多，但亞莉亞的光芒大約是她們的兩倍強。大家都是相同顏色，讓人會聯想到烈焰的緋色……！

（緋緋神她……對亞莉亞、猴跟霸美……**同時**附身了嗎！）

真是太糟了。

我在香港跟東京，都有個別和不完全的緋緋神戰鬥過的經驗。兩次的戰鬥都稱不上是完全獲勝，只能算是勉強撿到勝利而已。

光是對付一個就已經很棘手的緋緋神——

現在竟出現了三個。

尤其當中的緋緋神亞莉亞，感覺跟上次在乃木坂現身時明顯不同。

不是那種細節上的不同。當然，如霧氣般發光的強度是倍增了沒錯，但不是那種枝微末節的變化——而是本質、整體、氛圍、氣魄上完全不一樣。

對，用簡單一句話形容，就是現在的緋緋神亞莉亞擁有『等級完全不同』的存在感。

差異明顯到即便是對超能力不熟悉的我都能發現。

（亞莉亞……！）

這個……與其說是**出現**，還不如說是**降臨**的感覺。

不需要緋緋神亞莉亞親口說明，就已經展現出來了。

這是——完全的緋緋神。

緋鬼們期待已久的神，如今透過亞莉亞的身體降臨了。

可惡……這下該怎麼辦……！

「──金次，看來已經到此為止了。你們的行動失敗，沒能阻止緋緋，讓她得以完全復活了。緋緋原來企圖趁金次擔心亞莉亞的時候，再附到猴和霸美的身上，夾擊金次呀。」

瑠瑠神彷彿在責備我的聲音響起的同時──

之前在五十一區見過的那個模仿莎拉博士外觀的亮白色裸身靈體呈現在我身邊。睡覺似地閉著眼睛飄浮在空中，擺出祈禱姿勢的靈體……

……是瑠瑠神。這邊也現身了。

「哦呦！被發現啦。」

露出驚訝表情翻起短版水手服，從瑠瑠神身邊跳開的猴──不對，是孫。換言之，這邊也是緋緋神。

她把偃月刀像體操舞棍一樣旋轉，跳到站在王座前的亞莉亞右邊，轉回身體。

「太奸詐啦，瑠瑠。我想說附身對象齊聚一堂感覺很好玩，就忍不住一次全部附身了……而妳在知道這點之下現身，代表妳是想殺了我吧？把三個我一次殺掉。」

原本講話是那麼不流暢的霸美，用緋緋神的語氣不斷說著。然後握起巨斧，「咚！咚踏！」一地又轉又跳──來到亞莉亞左邊，轉身朝向我們。

對瑠瑠神姑且保持警戒的緋緋神亞莉亞站在中心，孫與霸美分別守在她的左右兩邊。

面對這樣的情景──靠各自的想法分別行動的三名緋緋神，讓我再度感到衝擊。

（……**緋緋神……原來可以三個同時存在……！**）

這也是人類無法想像出來的事情。

緋天・緋陽門、雷射、瞬間移動、次次元六面。展現過各式各樣超超能力的緋緋神，這回又讓我大吃了一驚。

就在我皺起眉頭，握起鍍有瑠瑠色金的蝴蝶刀擺出架式的時候——

「金次，就像人類在起床後不會馬上再睡著一樣，緋緋一旦附身到對象上，就沒辦法靠自己的意思馬上離開。也就是說，現在的緋緋處於無處可逃的狀態。你不需要突刺也沒關係，請拿著那把刀——接近那三個人。這樣一來，我就能把緋緋的意識納入換價重力圈中，將其消滅。雖然只是一部分，但可以把她的靈魂殺掉了。」

閉著眼睛的瑠瑠神彷彿命令士兵開炮似的，把手伸向霸美她們。

我對她的講法頓時感到不安……

「等……等一下，瑠瑠神！如果妳那樣做，亞莉亞她們會如何？」

一時也管不著會被敵人知道我方在事前沒有充分溝通過，如此詢問瑠瑠神。

緋緋色金現在取代了亞莉亞她們的靈魂。

雖然色金的生命系統跟人類不一樣，但即便只是把緋緋神附身的部分殺死，不就代表會把亞莉亞她們的意識也殺掉了嗎？

對於我的擔憂——

「就是像金次現在所想的那樣。」

——大概是從腦中直接讀取到我想法的瑠瑠神如此宣告。

「緋緋一部分的心，和附身對象全部的心——各自都融合在一起了。只要眼前這些緋緋的心死去，附身對象的心也會死去。我想你應該記得，以前佩特拉利用色金殺女的穿甲彈對亞莉亞一時發揮過相當於這個行為的效果。」

佩特拉的咒彈……去年亞莉亞在台場金字塔遭到狙擊時的事情嗎？

「要比喻的話，當時那是麻醉彈，而這次就是實彈。當時那樣的效果將會永久持續下去。但不管怎麼說，同樣的手法不可能每次都對緋緋有效。機會只有現在了。」

遭到佩特拉狙擊後，亞莉亞陷入了廿四小時的假死狀態。

如果我聽從瑠瑠神的命令，拿這把刀靠近亞莉亞她們——這次那樣的狀態就會一直持續下去。剛才瑠瑠神的發言，聽起來就是這個意思。

要是沒辦法從那個狀態中復活，這三人恐怕都無法再生存下去。

「……不行！住手，瑠瑠神！別殺了她們！」

「我能明白你的心情，但現在可是千載難逢的好機會。要是錯過這次，就再也——」

不行了。瑠瑠神的態度感覺沒辦法用道理說服。既然如此……

「我……不想看到美麗的瑠瑠對美麗的緋緋痛下殺手的樣子啊！」

就算是神，色金的神也是**女**神。

而究竟爆發模式的甜言蜜語對神有沒有效果——

「瑠瑠，我看得到。妳不想傷害自己姊姊的心正在流淚。所以，這裡交給我吧。畢竟讓女人停止哭泣，是身為男人的工作……！」

——連我自己都覺得很傻眼的臺詞，就這樣脫口而出……

「……嗚……」

對於這段直接到不行的話，瑠瑠神不知該如何反應地交互看向我和緋緋神。

這樣剎那間的破綻——

緋緋神不可能會放過。

「哈哈，瑠瑠！真是可惜啦！」

亞莉亞「啪！」地一聲……

緊接著是孫，以及霸美，各自都衝向天守閣大房間的左側。

「……！」

然而我並沒有追上去。因為我不知道瑠瑠神到底會怎麼行動。

亞莉亞從崩壞的窗緣「咚、咚」地踏著看不見的階梯，跳躍到空中。

她的身影很快就消失在茂密的樹叢中——守在後面的孫和霸美也分別把樹枝當成踏腳石，陸續跳出去。

因為附身在電鍍色金上的關係，似乎沒辦法遠離我手中這把刀的瑠瑠神……

為了追上緋緋神而伸出她半透明的手，但也只能做到如此。

大房間中最後剩下我和瑠瑠神，以及被剛才這一段過程嚇得腳軟的鬼們。

「……金次……」

瑠瑠神稍微低下頭……

「你所說的話，在某種意義上可以說是正確的。我其實也不想殺掉姊姊。然而……你和我錯過了將緋緋現存的附身對象一網打盡的最佳且最後的機會。緋緋看似大膽其實細心。她想必會躲到我和璃璃都無法追擊的據點，將戰事擴散到人間。放過亞莉亞她們三人的代價，就是會有更多的人喪命。而這件事——已經**不可能**阻止了。」

大概是感到放棄的緣故，她宛如霧氣般的身體開始變得稀薄。

我將漸漸失去藍光的蝴蝶刀收起來——

「太好了。」

同時對瑠瑠神如此說道。

「有什麼好的，金次？」

「因為瑠瑠說出了——『不可能』這句話。」

爆發模式依然在持續。

「瑠瑠應該也知道吧？我是『哿』——是化不可能為可能的男人啊。」

雖然我無法想像逃走的亞莉亞她們要如何離開鬼之國，不過……

管她們是用游的還是用飛的，我都會追到天涯海角。

我要來啦，緋緋神。還有——亞莉亞。

3彈　三角不等號

鬼之國，說起來就是一座遠海孤島。

這裡沒有所謂的出口。亞莉亞她們應該沒辦法馬上逃得很遠才對。

瑠瑠神也消失後，剩下一個人的我——

撥開鬼群，從天守閣的窗戶環視鬼之國。

結果……

「……！」

在刺眼的直射陽光下，我發現周圍的情景與來時完全不一樣。

海水退了下去。是退潮了。

海平面往下降，讓鬼之國周圍較淺的海底露出來變成沙灘。

海底坡度平緩，尤其西北方向的沙灘似乎有整頓過，呈現數公里的細長形狀。

（那是只有在退潮時可以使用的……飛機跑道……！）

然而，包含那地方在內，到處都看不到亞莉亞她們的蹤影。

……轟！隆隆！隆！隆隆隆隆隆隆隆隆隆……

這時從鬼之國的角落，忽然傳來有如地震般的轟響。

雖然聲音大到讓我一時沒聽出來，不過那是引擎聲。如果是汽車引擎，排氣量大約是二～三升，但這玩意聽起來是排氣量六十升的怪物引擎。

而且是三具、四具——總共六具同時開始運轉。

「富嶽、嗎……！」

我趕緊望向從天守閣也看得到一部分的那架巨大轟炸機。

仔細看，富嶽因為海平面下降的緣故，現在的狀態就跟停駐在地面上一樣。

而它沒有經過暖機程序就緊急行駛，導致光是在地面行進時，機翼各處就冒出了濃煙。

但它好歹是軍用機，即使發出痛苦呻吟般的嘎響，也依然動了起來。

直徑約五公尺的四葉同軸反轉螺旋槳有如巨刀，劈里啪啦地一路斬斷紅樹林。

「！」

就在這時，我爆發模式下的視覺看到……

富嶽的玻璃罩式駕駛艙中——雖然沒有在進行操縱——

但也許是為了得到較廣的視野，亞莉亞她們三人就在那裡。

「——亞莉亞！」

啪！——

我從天守閣的窗戶跳向空中，用繩索掛住樹枝，飛越在紅樹林的枝葉間趕向富嶽。

最後在沙灘上翻滾著地，做出好幾次護身動作後，踏著星砂往前直奔。

富嶽已經在跑道上朝西北方向加速了。

「嗚喔喔喔喔……！」

我不斷撥開螺旋槳颳起的沙塵，全速追趕富嶽。

要是讓富嶽徹底加速，即便是爆發模式的雙腳也不可能追上去了。

卡其色的機身與奶油色的沙灘。

巨大機翼落在沙灘上的深黑色影子。

我不斷追、不斷追，拚命伸手——

「——嗚……！」

從後方觸碰到加速滑行中的富嶽左翼下、支撐巨大雙輪的起落架。

然而，富嶽上浮的力量又讓起落架離開了我的手指。

它已經準備要起飛了。

（不行，追不上……！）

就在我緊咬起牙根的時候……

——推。

不知什麼人強而有力的手，往我的屁股推了一把。

「嗚！」

不管三七二十一先趕緊抓住起落架的我，接著被女性巨大的——胸部，覆蓋到身上。

這、這胸部是。

因為我曾經失禮觸碰過所以記得，是閻啊。

我抬起視線，看到跟我一起抓著富嶽起落架的人物果然就是她。

她大概和我一樣是全力奔跑過來的，「吁──」地深深吐了一口氣。

被霸美爆發的氣勢撞飛的她雖然好一段時間沒有動靜，不過看來現在已經復活了。

接著在左翼下……

「──閻姊！」

津羽鬼疾馳在星砂上。

如水平跳躍般任由黑色的和服袖子隨風擺盪的她，從後面追上來並伸出手。

明明我是拚上全力奔跑，津羽鬼卻是從容不迫就追上了。不愧是速度之鬼。

津羽鬼把手伸向已經稍微離開地面的富嶽起落架，但──

「津羽鬼，辛苦了。」

閻卻帶一點絕牢的動作把津羽鬼的手推回去了。

瞪大眼睛的津羽鬼摔落到柔軟的沙灘上……滾滾滾滾！在富嶽後方越離越遠。

最後「啪！」一聲用小鳥坐的姿勢癱在地上，抬頭看向我們。

一臉難以置信的津羽鬼，與漸行漸遠的閻交錯視線。

「──如夢、似幻──」

對津羽鬼露出溫和笑臉如此呢喃的閽……

眼神看起來已經領悟自己將赴死地了。

就跟我想要拯救夥伴亞莉亞一樣，閽也想要拯救主人霸美——

即使不知道該怎麼做才能拯救對方，但還是決意要對抗緋緋神。

然而，這名副其實是反抗神的行為。要是激怒了神，就算是鬼也可能當場被殺。

不，這可能性相當大。

因此——她才丟下了津羽鬼。

為了不要把津羽鬼帶到富嶽這個必死無疑之地。

明白這件事的津羽鬼……滴答滴答地落下眼淚……在閽的視線前方、起飛的富嶽後方遠處，如今看起來只像一個黑點了。

富嶽飛越寬廣的沙灘，在透明的大海上漸漸加速、上升。

現在鬼之國也小到只要把手掌伸向斜下方就能完全遮住的程度。

在巨大螺旋槳颳起的氣流中，紅銅色秀髮隨風擺盪的閽……

「……遠山，如今已無法回頭了。」

彷彿為了割斷對鬼之國的留戀，把頭轉向我。

活了千年之久的閽，現在也已做出死亡的覺悟。

因為她無法放任君主遭人綁架。

就算要犧牲自己的生命，也絕對不能對此事丟下不管。

……受不了。真不知道該說是真誠還是忠心的鬼呢。

閻這樣的個性，搞不好比現今的人類還要值得讚賞吧？我都想要收她為部下了。

「──我只會前進，不會回頭的。」

已經靠引體上升動作爬到機輪收納艙的我，用與閻的臺詞幾乎是同樣意思，但稍微比較好聽的話語回應她。

然後把手伸向抓在起落架上的閻，當作是剛才她推我上來的回禮。

閻那張比男人還帥氣的臉輕輕一笑──

「實在奇怪。賴光殿下的後代與酒吞大人的後代，沒想到在千年之後竟會攜手合作。」

說著，用長有利爪的手抓住了我的手。

我和閻，曾經以敵對立場站在這片機翼上的兩人……

現在則是身為共同對抗緋緋神的夥伴，回到同樣的機翼上。

抱著不再回頭的覺悟。

大概是為了減輕重量，雙重輪的外側兩輪被切離捨棄了。

剩下的機輪與起落架被收進主翼後，我和閻彷彿一起被裝進同個棺材中。

就算體格壯碩，閻好歹也是個女性。即使對方不在意，我也覺得不太好意思跟她貼在一起。因此首先必須想辦法從機輪收納艙脫逃出去才行，但這行動卻意外困難，讓我們浪費了不少時間。

因為我不清楚內部構造，所以不能隨便破壞周圍，只能到處敲打牆壁，尋找比較薄的部分。

結果……前後左右的牆外似乎都有航空汽油，唯獨上面的一部分什麼東西都沒有。

於是我請閣用犄角像開罐器一樣在那部分開出一個圓形的洞，我們才好不容易來到左翼內部的小房間中。

機翼內的房間裡感受不到任何人的氣息。

（總之先把這裡當成據點，確認一下狀況吧。）

我從細小的窗戶看出去，靠太陽的方向來判斷——

行進方向是西北，往小笠原海域、日本的方向。

速度是七百公里／小時左右，非常快。雖然機上似乎沒有裝載炸彈，但即便如此，考慮到富嶽的性能還是很亂來的高速度。

……另外。

「飛得莫名傾斜呀。」

正如閣所說，富嶽的地板朝後方傾斜得相當大。

換言之，它正急速上升中。

攻角（ＡＯＡ）明顯過大，這樣就算不墜落，也會因為失速對對機體造成負擔。

彷彿在證明我的想法似的，富嶽「嘎嘎嘎……隆隆隆……」地從各處發出如魔獸低鳴般的嘎響。

我從武偵手冊中拿出鏡子，伸出窗戶確認螺旋槳的狀況，便發現引擎不斷冒出代表燃料燃燒過多的黑煙。

雖然我不清楚目的地究竟是哪裡，但如果是打算飛到日本，照這樣下去可撐不住。若是想飛到天上的某處，或許這樣還沒什麼問題——

「……！」

想到這邊，只侷限在人類的常識範圍內思考航空機用途的我頓時抽了一口氣。

現在這種飛行方式，是重視高度勝於速度的飛法。

輕視了目前所在地與目的地之間的距離。

因為本來就可以輕視不管。

（……視野內瞬間移動、嗎……！）

緋緋神能夠辦到瞬間移動。

但那招似乎只能跳躍到視野內，也就是眼睛能看到的範圍內。

即使想跳到遠處，也會因為地球表面呈現圓弧狀而讓距離有極限。然而只要高度越高，能夠看到的距離就越遠。這是很簡單的幾何學。

緋緋神之所以讓富嶽急速攀升高度，是為了**讓視野延伸到更遠**。

然後只要看到目的地，就能瞬間移動離開，把這架富嶽丟在空中。而既然打算捨棄，也就能明白她為什麼會使用這種就算讓機身壞掉也無所謂的飛行方式了。

「——閻，我們快一點。」

我不清楚緋緋神究竟打算讓富嶽升到多高、多接近何處、看到什麼才瞬間移動——但總之讓她看到目標的那一刻就是最後時限。

換言之，我們的行動有時間限制。

可沒辦法悠悠哉哉觀察情況了。

「唔，快走吧。此機內在天空會讓肺腑作痛，對霸美大人的身體也不好。」

閻說得沒錯——

因為緋緋神粗暴的操縱，似乎讓機艙內的氣密性變得不完全了。

回想起以前被ＩＣＢＭ或Ｖ－２載到高空的經驗我才理解到，爆發模式下的我好像有能力在無意間像鳥類一樣用胸肌控制肺臟與氣管，讓自己即使沒有任何裝備也能承受某種程度下的低氧與低壓環境。

即便如此，和麗莎一起飛到九千公尺左右時，身體感覺上幾十秒就是我的極限。

而富嶽在性能規格上能夠飛到一萬公尺高空。如果緋緋神打算讓它飛到那個高度，就很危險了。

「閻，這場戰鬥是二打三，也就是說我們其中一人必須負責對付兩個緋緋神。遇到那種時候，我來當主將負責一打二，閻就看狀況判斷是要掩護還是退避吧。」

多虧鬼沒有鎖門的習慣，讓我們能夠在機翼中順利移動。

畢竟沒什麼時間，於是我和閻是邊走邊開作戰會議。

「汝不願讓比自己弱小的存在站在前方的想法，余也不是不理解。」

閻說著，邁開大步走到我**前方**。

「……閻要認為我比妳弱小是妳的自由。但我希望盡可能不要讓女性戰鬥啊。」

我也想再度超到她前方，結果兩人就在機翼內自然而然地越走越快——

「那在人類的觀念中，不是叫輕蔑女性？」

「那……先抵達緋緋神她們面前的人當主將，後跟上的人當副將這樣。」

「了解。」

「話說，閻，剛才走廊上掉了一瓶大關清酒喔。」

「哪兒？」

我在走廊上拖住閻的腳步後——「磅！」一聲用左腳到右腳連動筋骨的櫻花踢，踹開通往機身主體的門板。

然後首先由我走進去，面紅耳赤地大叫著「汝算計余呀，遠山」的閻也跟著入侵到富嶽的機身內……

「只有兩個人來啊。」

亞莉亞站在玻璃罩式的駕駛艙，交抱著雙手朝向我們。

而在她左右稍隔一段距離的地方……

「那麼這邊也。」

孫揮起青龍偃月刀。

「用兩人當你們的對手。」

霸美則是扛著破星燦華鋖。

一句話被拆成三段，而且三個人的聲音又各自不同，但還是可以聽出來整句話都是同一個人物——緋緋神所講的。真是奇妙的感覺。

在亞莉亞背後、駕駛座的儀表板上，各種開關「喀嘰、啪嚓」地切換著。不斷顫動的操縱桿也是，明明沒有人觸碰卻微微在動。感覺應該不是自動操縱。是緋緋神亞莉亞透過S研用語中所謂的念力在駕駛富嶽。

「雙打對決是吧。好，接受挑戰。孫悟空・織田信長雙人組，對上遠山家的金先生・酒呑童子的子孫雙人組。觀眾是福爾摩斯四世。真是豪華又奢侈的組合呢。」

不管怎麼說總比二打三來得好多了，於是我趁提議二打二的緋緋神還沒改變主意前——炒熱氣氛似地如此說道。

（……雖然拚了命追到這裡來了，不過，這下該怎麼做？）

眼前是擁有超超能力的三個緋緋神。

富嶽不斷在提升高度，因為亂來的急速上升讓引擎隨時會爆炸。

要是讓緋緋神她們靠瞬間移動消失就完蛋了，但我根本不知道她們什麼時候會那麼做，又打算跳躍到什麼地方，因此最終時限也不明。

……甚至連該從何處開始著手，又要如何對付才好也不知道。

看不到勝利條件，讓我都快陷入混亂了。

不過，遇到這種時候——

我在武偵高中有學過，『牢記要各自擊破』。

也就是應該腳踏實地，一項一項輪流解決。

要是慌慌張張想要一口氣解決全部問題，到頭來也只會一項都沒處理好，徒讓時間流逝，使狀況更加惡化而已。

而現在的狀況下，我首先要把霸美、孫與亞莉亞三人打到失去意識，而且盡可能不要傷害到她們。就將這件事定為最初目標好了，接著再去想辦法處理富嶽的問題。

——即便有緋緋神附身，亞莉亞她們的身體依然是各自的肉體。

這一點加奈在乃木坂就透過讓亞莉亞昏過去的方式證明過了。

因此，我要讓她們的身體變得無法動彈。

但對手好歹也是緋緋神的化身，這戰術說起來簡單，做起來應該很難。而且要讓女性失去意識什麼的，對於爆發模式下的我來說是很難忍受的事情。

那麼，至少……

「……閻，我們互相避開又是朋友又是君主而很難出手的對象吧。閻去對付孫，我來對付霸美。畢竟不是放水還能打贏的對手，我可能會拿出真本事處罰霸美。拜託妳到時候別制止我。」

「無須在意。汝客氣，反對霸美大人不佳。現在要先制止霸美大人，再來余雖不知該如何……但要把進入其心中的緋緋神大人驅除才是。」

我和閻說著，並肩走向霸美與孫面前。

然而，在咧嘴一笑的亞莉亞前方——

「那麼，這樣如何？」

——啪！

霸美和孫——

兩人一起朝我飛了過來！

「——！」

這集中攻擊出乎我的預料，不過我還是勉強出手對應。

對亞音速刺來的偃月刀用手肘架開握柄的同時，對朝我揮下的巨斧用手掌以曲線軌道撥向旁邊。

富嶽的地板雖然是合金製，但要是被這巨大的斧頭劈到還是有可能空中解體。

因此，我想辦法誘導巨斧的路徑，把它重新推回霸美的肩上。然而——

跳起來後還留在半空中的霸美，肩膀竟然像烈馬一樣用力往上頂，把斧頭「鏘！」一聲卡在天花板上後，碰碰碰碰碰碰碰碰碰碰碰碰！

「——啊哈哈哈哈哈哈哈！」

用幾乎是倒立的姿勢，從頭上朝我放出快到看起來有幾十隻手的連續打擊。並藉由被我防禦造成的反作用力，持續留在半空中。

伴隨彷彿衝鋒槍聲的空氣破裂聲，亞音速的正拳、平拳、貫手如豪雨般接連不斷地落向我的上半身。

乍看之下像是亂打一通，但其實所有攻擊都瞄準了眼球、眉間、頭蓋骨縫、耳、鼻、口、喉頭、頸動脈與鎖骨等等人體弱點，可說是必殺必死的集中豪雨。

面對那樣的攻擊，我只能左右手指、手腕、下臂、手肘、肩膀甚至頭槌並用——撥開、閃躲或是偏移弱點部位故意承受打擊。

就在我拚命對付頭上的霸美時……

「——嘻嘻！」

鏘！孫用握柄根部在地板上彈了一下，並放開偃月刀。

接著把手肘彎曲成九十度，像體操動作一樣把雙腳前後撐開，「咚！」一聲坐了下去。

雖然流派古老，不過那是中國拳法．花拳的架式。她也打算同時攻擊我嗎——！

「嘿呀！」

唰唰唰唰唰唰唰唰唰唰！孫就像旋轉鞭炮一樣在地上轉起來，朝我的下半身放出攻擊。

除了銳利的手刀、腳刀與爪擊外，迴旋踢、裡拳甚至連尾巴都朝我下半身襲來。

而且跟霸美一樣，孫也毫不留情地一直瞄準阿基里斯腱、前後十字韌帶、大腿動脈、足背動脈與睪丸等等弱點部位。

我根本停不下雙腳，只能原地旋轉、後退，應付孫的攻擊。

用腳踢擋下對手的腳踢，甚至好幾次空翻——用拳對付孫、用腳對付霸美。

來自天與地的激烈攻勢，毫不間斷的百烈連擊。

簡直就像遭到冰雹與火山爆發的夾擊啊。

「……遠山……！」

閻想要衝過來介入我們——卻又停下腳步。

她不是為了自保，而是判斷自己插手反而會讓我更危險——這個判斷相當正確。

與兩位緋緋神的格鬥戰，比之前和夏洛克的乘方彈幕戰還需要集中精神。

對手朝我放出的攻擊，一招一招都是必殺必死。

只要有一瞬間移開注意力，就有喪命的危險。所以雖然不是我要重申一開始的約定，但拜託妳別插手。這兩人我會好好照料到最後的。

——轟！隆隆隆隆……！

從我左右兩側、富嶽的直線錐形翼忽然傳來震動。

我的眼角餘光看到窗外，偏北飛行的富嶽……六具引擎都冒出了或大或小的火災。

而且火焰漸漸往機翼延燒。

該死！耐燃性差勁得簡直就跟紙糊的沒兩樣嘛。

這代表這架富嶽雖然是使用新素材建造，但依然還是按照舊日本軍那種不惜犧牲防禦力也要提高機動力與續航力的設計思想製造出來的航空機。

（……一三五二——一四二二——一五〇八——……！）

短短不到一分鐘，霸美與孫上下夾攻的打擊數就超過一千五百次了。

一秒約二十七發。

霸美和孫一人每秒十三點五發，朝我放出必殺的打擊。

——這就是神的打擊嗎？真是帥到讓人發麻呢。

不過，即使是這樣的猛攻也一定會產生間隙。不論霸美還是孫，都肯定會在某個時間點喘一口氣。

我要抓準那個瞬間發動反擊。

忍耐，再忍耐，等待反攻的機會。

然而就像在嘲笑我的計畫似地……

「——還沒結束啦！」

霸美朝卡在天花板的巨斧用拳背宛如敲銅鑼般「噹——！」地敲擊斧面。

接著用腰部凹陷處接住因此掉下來的巨斧後，也不停下毆打我的雙手——用手臂跟膝蓋背面撥動斧柄，讓巨斧旋轉起來。以霸美本身為中心軸，像在搖呼拉圈一樣。

碰碰碰！呼！磅磅磅磅磅！唰！啪啪啪啪啪！咻！

霸美朝我上半身的打擊，又加上了有如旋轉巨刃般的巨斧攻擊。

點狀的打擊加上面狀的砍擊，讓我腦袋必須判斷的致死圈變得更加複雜。

但要是我沒能一一處理，就會跟被冰鑿與碎冰錐敲碎的冰塊一樣，從頭頂一路被攪碎了。

斧頭在天花板上砍出來的裂縫嚴重破壞氣密性，讓機內氣壓不斷下降——

「看招！腳下颱槍攪！」

——但孫卻一點也不理會這種狀況，用腳趾撿起掉在地上的青龍偃月刀。

然後，呼！咻咻咻咻唰唰唰！

跟霸美一樣，連人帶刀在我腳邊旋轉起來，絲毫沒有停下對我的連擊。

那把薙刀不但會剖開我的肚皮，長柄也能絆住我的腳，讓我跌倒。

要是我因此倒下，就會跟果汁機裡的胡蘿蔔一樣被打碎了。

彷彿上下同時遭受機槍掃射，還被直升機的旋翼追砍的我——

眼角餘光看到緋緋神亞莉亞像是感到滑稽地露出嘲笑的表情。

喂，別那樣，緋緋神。

亞莉亞雖然經常取笑我，但她不會用那樣的笑法……！

「「「——還有功夫看旁邊，真悠哉啊，遠山！」」」

聽到把手圈成擴音筒的亞莉亞與霸美和孫異口同聲大叫——

我才發現自己被擺了一道。

（……糟！）

剛才那是、故意的。

是認為我應該會討厭她這麼做的緋緋神，刻意露出那表情嘲笑我的。

「昇龍轟噴腳！」

趁我露出破綻的機會，孫做出後滾翻似的大動作，把雙手撐到地上——

磅嗡嗡嗡嗡嗡嗡嗡嗡嗡嗡！

用倒立的姿勢，踢出直衝天際般的一腳。

「——嗚！」

我在偃月刀與巨斧之間的空隙抱起雙腳後空翻，躲過孫的這一腳。

然而，這動作卻被霸美看穿了。

她伸手推向孫往上踢的裸足，利用孫上踢的力道加上自己的臂力，往上跳起後——

——噹！

頭下腳上地在富嶽機內的天花板上著地。

緊接著，碰！

如流星般朝我落下。

霸美與孫合作無間，簡直是一心同體。比我以前在新幹線上遇到的昭昭姊妹還要有默契。

不過這也是理所當然的。昭昭她們是姊妹……而現在的霸美和孫根本是**同一個人**啊。

見識到這段神乎其技的聯手攻擊的我——

——嚓！額頭被霸美的飛落頭槌擦到了。

「……嗚……！」

雖然霸美的目的應該是用犄角在我頭蓋骨上開一個洞，順勢把我的頭敲破……
不過爆發模式下的反射神經救了我一命。
扭轉身體的動作勉強趕上，讓我只有皮膚被犄角劃破。
然而，還是受傷了。
傷口在額頭上方，頭髮底下。
而且因為不習慣對付犄角這種東西，害我目測失誤，受了頗深的傷。
傷口差點就達到頭蓋骨膜，使犄角劃出的傷流出嚇人的血量。
雖然不是用噴的，但不斷流下來的鮮血還是——
——流到、右眼了。
（……該死……！）
這種古早少年漫畫經常會有的狀況發生在現實中，可一點都不好笑。
因為即使不至於遮蔽視野，也會讓我確實受到某種程度的限制。
接下來要對付霸美和孫的猛攻會變得更加困難。
我必須暫時拉開距離，爭取時間擦拭血液才行。
然後再度承受那激烈的攻勢，忍耐下去，等待機會。我能做的只有這樣。
如此判斷的我，為了甩掉血淚而用力搖頭的同時——
——啪！
落地後立刻往後跳開。

就在這時——唰！

在我被血沾染而變窄的視野右下角，孫的身影忽然消失。

她是用像蛇一樣爬在地上的地躺拳動作，握起偃月刀躲進我的死角了。

「——！」

我不禁把頭低下……

「遠山，前面！」

卻聽到閣的叫聲。

在我前方的虛空，七百公斤的破星燦華鋍從上掉落下來。

霸美在地板上彈跳似地躍起，對巨斧踢出一記迴旋踢——讓巨斧射向往後跳開的我。不是用斧刃，而是用像長槍一樣銳利的斧柄頂部。

大概在鬼的戰斧術中，空中踢斧射出是很普通的招式，因此斧柄尾端較圓，易於腳踢。

而霸美很巧妙控制踢出的角度——活用雙刃斧的形狀，讓斧頭頂端像三叉槍一樣往我飛來。

往後跳開的我還留在半空中，動作上受到相當大的限制。

（這下躲不開了……！）

斧刃看起來宛如水平翼的巨斧在空中往我追過來。

——俗話說『久攻不破必師勞兵疲』，通常攻擊方的消耗會比防禦方來得激烈。

所以我才會讓對手不斷攻擊、不斷攻擊，等對手疲乏之後再攻擊破綻。這就是反擊的基本戰術。

而且除了進攻也能選擇退守，就是這種戰術的優點。因此在讓對手攻擊的過程中頭部受到重傷的我，現在才會判斷要利用敵人的攻擊間隙暫時撤退。

只要撐過猛攻的我選擇退下，敵人應該也會喘一口氣。

因為敵人必須保持**攻擊**、**攻擊**、**休息**的步調，才能從疲憊中稍微恢復。通常是這樣。

然而，戰神・緋緋神的反應卻不同。

她選擇**攻擊**、**攻擊**、**再攻擊**。

只要有零點零零一秒的好機會，她就會全部用在激烈的攻擊上。

這就是緋緋神的戰鬥方式……！

而且……

發動攻擊的，不是只有霸美。

霸美踢出巨斧的瞬間，在我被血遮蔽的視野死角——我只能靠聲音掌握狀況——孫沿著富嶽圓弧狀的機體側面往上衝，頭下腳上地繞過天花板。

有如雲霄飛車三百六十度旋轉的三次元立體動作，只繞了兩百七十度——在機體側面、我前方、隔著巨斧與霸美的另一側忽然剎車。

讓長長的黑髮飄在空中、垂直站在牆上的孫，雙腳橫跨現在已經可以看到遠處日本太平洋海岸的窗戶兩側，壓低重心——

把青龍偃月刀像投擲槍一樣架起來。

「——喝！」

鬪戰勝佛・孫悟空小小的手與光溜溜的腳同時伸直。

藉此動作被射出的青龍偃月刀，在孫前方產生圓環狀的蒸氣錐。

以砲彈般的速度朝我飛來的偃月刀——

我同樣躲不開。即使想用橘花擋下，呼吸步調也無法配合。招式、放不出來，畢竟我本來就是為了重整姿勢在爭取時間的。

看著迫近眉睫的破星燦華銙與青龍偃月刀，我領悟自己即將落敗——的時候……

「奴唔唔唔嗯！」

碰磅！我忽然從側面被人用肩膀撞開了。

是閻把我撞飛，從那兩把飛來的武器前拯救了我。

伴隨內臟幾乎都要換位的衝擊力道，我朝著機窗——富嶽已經來到可以明顯看出地球圓弧狀的高度了——飛去。

我勉強成功做出略帶橘花的護身動作，沒有把機體牆壁撞破。

然而，在被鮮血暈染的視野中……

「——閻！」

霸美踢出的斧頭與孫擲出的偃月刀，分別刺進閻的右大腿與右臂。

閻就這樣成了我的替身。

「……嗚……！」

為了不要發出慘叫而緊咬牙根的閻——碰隆隆隆隆隆隆！

順勢被帶向機體後方，撞上霸美的王座。

霸美與孫應該原本是打算把我釘到王座上而擲出巨斧與偃月刀。

然而以不同角度被那兩把武器擊中的閻，最後以癱坐在無人王座旁邊的姿勢被釘在牆上。

閻那硬得像卡車輪胎的身體，竟然被緋緋神射出的破星燦華鋍與青龍偃月刀……輕易、貫穿了。

「……嗚……哦哦……！」

閻雖然掙扎著想要拔掉武器，但姿勢不好，難以使力。

「——閻！」

就在我想要上前救她時，左右兩側機翼的火焰終究還是延燒到機內了……

「……嗚……！」

受熱融化的機窗扭曲變形，從密封膠條的部分碎裂，飛向機外。

保持氣壓的空氣洩漏得更加嚴重，讓機體內產生強烈的亂流。

隔著化為火焰翅膀的機翼另一側，剛開始因為方向跟地圖不同讓我瞬間沒認出來，不過——已經可以看到日本、本州的——福島以北，東北地方的海岸線。透過低而稀薄、如霧氣般的雲層縫隙。

果然……

（緋緋神的目的地，是日本……！）

既然已經可以看到，那麼富嶽就沒用處了。

雖然引擎已經停擺，富嶽依然靠慣性保持著高高度、高速度。機體方向則似乎是靠尾翼在進行微調。

從機身下部延燒上來的火焰，伴隨濃煙從地板各處竄出。

我趕緊轉頭看向閣。被烈火籠罩的閣，感覺動也沒動。

「閣……！」

「……無……無須擔心……遠山！……這點、程度，不須汝幫忙……」

隔著烈火，我聽到閣似乎反而因為自己難看的樣子被火遮住而感到放心的聲音。

聽起來不像會馬上失血喪命，算是不幸中的大幸。

話雖如此，但……

在闖進富嶽的時候，還幹勁十足想著什麼要各自擊破的我──

現在不但自己受傷，還讓閣被釘到牆上無法救出。

霸美、孫、亞莉亞與這架富嶽，別說是各自擊破了，連一項問題都沒解決。

狀況已經滿目瘡痍。

即便是爆發模式下的我──哥，要對抗緋緋神這樣的存在……

……負擔還是太重了、嗎？

不管怎麼說，這也輸得太慘了。不論對霸美還是孫，我都連一招也沒能反擊。

緋緋神亞莉亞更別說是毫髮無傷，甚至連一根指頭都沒動到。

她始終只是在嘲笑我而已。

對我和閻已經連瞧都不瞧一眼的亞莉亞……

「山很礙事啊。」

透過駕駛艙的玻璃罩眺望日本的方向。

不知不覺間，霸美和孫也跳過火焰，集合在亞莉亞身邊。

就在孫露出準備惡作劇似的笑臉偷瞄了我一眼的時候……

「——不過，嘻嘻！從雲層縫隙看到有趣的東西了。很好，很好，上吧。」

隔著玻璃罩看著機外的霸美如此說著，同時在她平坦的胸前……

……一閃……一閃、一閃……一閃一閃……

產生小小的金色光芒，兩顆、四顆、八顆地成倍增加。

光粒就像穿梭銀河的星星般，飛舞在空間中。

範圍籠罩富嶽的駕駛艙，呈現橢圓形——像橄欖球一樣的形狀，把亞莉亞、霸美與孫包在其中。

（那是……視野內瞬間移動……！）

不，我早就猜到緋緋神會使用這招了。

而既然孫在香港、緋緋神亞莉亞在乃木坂都使用過這招，那麼霸美使出同樣的招術也沒什麼好驚訝的。

然而，現在**只有霸美**在施展瞬間移動的畫面——

讓我發現了一件事情。

而且是一件我早就應該要想到的重要事情。

猴在香港說過，瞬間移動的使用限制是『一晝夜一次』。

這一點如今應該可以確定是事實了。畢竟會利用富嶽做為從鬼之國到日本的中繼道具，就反過來證明了即使是緋緋神也沒辦法無限制使用這招。

而緋緋神剛才說過她似乎沒能完全看到目的地的發言，也說過在不得已下好像要瞬間移動到某個地方當成中繼地點。

但對於這樣的狀況，卻看起來一點也沒感到失望的樣子。

這大概是因為……

緋緋神亞莉亞、緋緋神霸美與緋緋神猴——也就是孫，她們**各自**一天能夠使用一次視野內瞬間移動。

這樣想比較合理。

也就是說，緋緋神還剩兩次瞬間移動的能力。

她們應該是打算從富嶽先跳到什麼視野遼闊的高塔或山頂上，然後像踏石過河一樣反覆瞬間移動，抵達目的地。

另外，恐怕能夠使用三次的能力不只瞬間移動。

那招必殺技——雷射光也……可以發射三發的意思啊……！

這——

太棘手了。甚至連棘手都不足以形容。

這下真的該怎麼辦啊，金次？

（這麼說來，理子拿到我房間的復古遊戲中，有一款叫『宇宙巡航艦』的遊戲。）

因為那款射擊遊戲相當有趣，我經常會玩到半夜……

如果把亞莉亞想成主機，霸美和孫——就是遊戲中的護衛機，是能夠使用相同招式的方便複製機。

而我和閻光是和護衛機打，就落得這種下場了。

然後，操縱那三人的遊戲玩家就是……緋緋神。

緋緋神就跟坐在遊戲畫面外的玩家一樣，不管自機或敵機打得如何激烈，都不會受到半點傷害。跟派出無人機飛到內華達州的馬修是一樣的道理。

爆發模式下的腦袋漸漸理解這件事情的同時，絕望感差點讓我昏了過去。

本來是我打算讓對手失去意識的，這下反而是我要失去意識啦。該死。

……一閃一閃……一閃一閃……

包覆霸美、孫與亞莉亞的金色光粒緩緩擴大。

她們已經準備要跳了。

但休想得逞。

（——看我介入妳們。）

以前我在香港聽猴說過。

觔斗雲，也就是瞬間移動——是一種將光雲包覆的空間內所有物體都搬運移動的招式。

在發動瞬間只要稍微有從光雲中跑出去一點，即便是施術者本人也不會被移動。相反地，只要能把全身都擠進去，就可以跟著一起跳躍。

雖然能載送的體積似乎有限，不過看起來霸美的發光比猴那時候還要強。也許是因為比起緋緋神未覺醒狀態，覺醒狀態下施術的效率比較好的緣故。

——然而，也沒有強到三、四倍的規模。

「閻！那些傢伙發出瞬間移動的光了！只要鑽進裡面，就能從富嶽逃脫出去！這邊！妳有辦法過來嗎！」

「……喔！千辛萬苦，總算是把斧頭薙刀都拔掉了。遠山，余也會跟上……！待火勢稍小便過去！」

從瀰漫機內的黑煙與烈火另一頭，傳來閻宏亮的聲音。

好，既然如此——

「——讓我搭個便車吧。車錢就用鉛彈付給妳們！」

我拔出手槍，跳進駕駛艙的光雲中。

在感到耀眼而瞇起眼睛的同時，環顧四周……

「就知道你會來。」

雖然看不清楚，但從金色光芒的另一頭可以聽到霸美的聲音。

「畢竟再怎麼說這次都還打得不夠盡興。這光量的觔斗雲也勉強足夠讓遠山一起來啊。」

孫的聲音也傳來。

「……另外我要妳們多載一個人。她塊頭比較大，應該會超出體積限制。所以不要只有霸美，亞莉亞和孫也一起增加光量如何？」

我暗示閻也要一起來的意思，催促對方消費瞬間移動。

要是讓她們能瞬間移動那麼多次，不管要追還是要戰，我方都太不利了。既然今天可以使用三次瞬間移動，我就讓她們在這邊先耗掉兩次，運氣好一點的話三次都用掉吧。

這也是我在武偵高中學過的事情：遇到對手太強勁時的鐵則——就是破壞或阻礙對手的移動手段。讓敵人無法前往他想去的地方，便能事先預防敵人的行動。這麼做肯定會成為對我方有利的間接攻擊。

畢竟要是讓本來就很強的傢伙進入城中，就會真的無從對付起了——不過這次的狀況是，只要我像這樣干擾瞬間移動，或許就能讓緋緋神無法抵達她想前往的據點也說不定。

對於我這樣的企圖……

三個緋緋神「呵呵呵、啊哈哈哈哈！」地齊聲大笑起來。

「……遠山……」

從金色的光芒、黑色的濃煙與紅蓮的烈火另一側……

「……對不住。余剛才說了謊言。」

傳來不見身影的閻低沉的聲音。

發出聲音的位置依然在王座下，動也沒動。

閻，難道妳……！

其實並沒有把巨斧跟偃月刀拔掉嗎……！但要是妳剛才那麼說，好不容易找到脫逃方法的我就會跑去救妳——所以妳才故意說謊的嗎？為了反過來救我。

「——閻！」

轟隆隆隆……轟隆隆隆隆隆隆……在讓人聯想到地獄的機體嘎響中……

富嶽燒焦的外殼一片片剝離到空中。

機翼現在幾乎只剩下骨架了。

機內的濃煙被颳進來的強風吹散，讓我看到烈焰的另一頭——

因為沾滿鮮血與黑炭，變得看起來像焦屍一樣的閻……

用掙扎時弄斷了爪子的手輕輕抱著將自己身體釘在富嶽上的那把君主的斧頭——

破星燦華銗……

「館主大人……就拜託你了。」

對我露出氣力已耗盡的笑臉。

緊接著，宛如氣球爆裂般——

富嶽無聲無響地在空中瓦解。

從剛才看到的地平線來判斷，高度約一萬兩千公尺。外部氣溫將近零下六十度，氣壓只有地表的七分之一左右。

在巨無霸客機才會飛行的高空破散的富嶽碎片……附著在上面的燃料燒盡後，便轉眼間被凍成白色。

最後看著那樣的光景，我、亞莉亞、孫與霸美——

——從空中消失了。

——金色光芒消失的同時，**冰冷的暴風**忽然打在我身上。

這是哪裡？周圍景色動得太快，讓我無法判斷。

以直角座標系來講的X軸、Y軸與Z軸不斷在切換。

原因是我的身體朝著上下、左右、前後全方向在滾動的關係。

接著我感受到的，是氣壓。

環境突然變成一大氣壓的緣故，害我的肺差點爆裂。我情急之下對肺臟使出回天，總算壓抑下來。

從這氣壓我才明白，這裡是地表。

緊接著，重力。

我的背部在某種金屬製的地板上彈跳著，讓我判斷出哪個方向是朝下了。

另外，還有朝我飛來的銀色光點。

大量的光點從上風處以超高速飛來，或是從我左右兩側飛過。

（……這是……雪……？）

這冰冷的感覺，是雪——雪花以不自然的高速度成為暴風雪，連同強風從前方撲打到我身上。

而且——好快。我在一個速度驚人的物體上面。緋緋神她們……大概是為了避免瞬間移動之後動能忽然歸零會讓身體飛出去，才刻意選擇了這個場所。

在體感速度上——幾乎是可以用音速來形容的程度。

馬赫數大約零點五……！

但這裡究竟是什麼地方？這是什麼玩意？

我的身體趴在某種速度幾乎與剛才富嶽的最終速度一樣的高速移動物體上——

踏！踏踏！三個人著地的腳步聲傳到我耳中。

「喂，遠山，你可別摔下去囉？」

行進方向是緋緋神亞莉亞。

「哦～好冷好冷！」

右後方是孫。

「啊哈哈哈!快站起來吧!」

左後方是霸美。

她們各自大叫著,對我搭話。

——呼隆隆隆隆隆隆隆隆隆隆隆隆隆隆隆隆隆隆——

(這聲音——和感覺,是怎麼回事——?)

我在暴風中微微睜開眼睛,在視野中看到——白底藍邊框的——新幹線!

這裡看起來很像我以前和昭昭姊妹戰鬥過的新幹線列車車頂。

然而,還是不太一樣。因為看不到高壓電線和集電弓。

更何況,我完全沒聽到車輪走在鐵軌上的聲音。

這玩意恐怕在飛。

這是……**緊貼地面飛行**的超超高速列車。

雖然這形容很奇怪,但我從感覺得出的結論就是如此。

覆蓋在積雪下的山毛櫸樹林因為過快的速度而看起來扭曲變形。在這片森林中以零點五馬赫的超高速行進的車廂上——

「遠山,我想說要做點適合你的事情,所以就用『劫車』來為這場戰鬥做個了結吧。」

亞莉亞的聲音似乎擁有指向性,聽起來彷彿是從我的額頭附近發聲。簡直就像什麼來自神明的聲音。

「……嗚……！」

——我知道了……！

這是高速磁浮列車！超導磁浮新幹線的青森實驗線。

所謂的青森實驗線，是JR東日本從八戶通往新弘前的實驗列車線。一方面也打算將來出口到俄羅斯與加拿大——因此配備有耐寒構造與融雪導軌，是穿梭於八甲田山與白神山地等等豪雪地帶的耐久實驗線。

這輛磁浮新幹線以兩節車廂的編成，在這條單線列車線上不斷往西奔馳著。

「——劫持超超高速列車。你喜歡嗎？畢竟遠山和亞莉亞自從相識以來，劫持戰就是家常便飯了。」「而且這舞台非常有二十一世紀決戰的感覺吧？」「來，開打啦！」

面對圍繞在我周圍如此說道的三個緋緋神……

「……唉呀，在至今為止的交通工具中來講，算是比較好的了。至少構造上沒有脫軌之類的疑慮。」

姑且不論在強風中她們聽不聽得到，我還是嘀咕了一下——話語上雖然裝得很冷靜，但雙腳還是帶著對緋緋神的憤怒用力站起來。就像在表示：這是為了悼念閻的復仇戰。

然而，相對於這樣激動的態度，我的身體卻沒辦法伸直。

因為從前方不斷颳來的強風。

我還是第一次乘坐所謂的磁浮新幹線……

用這樣的乘坐方式講這種話也許很怪，不過坐起來的感覺還真奇妙。

沒有接地的車廂，幾乎感受不到聲音與搖晃。

只有激烈的空氣阻力不斷折磨我的腳下。

簡直就像站在UFO上衝浪。

在這種地方，有辦法好好戰鬥嗎？

「金次，我沒辦法控制對你的感情呀。」「我拿自己完全沒辦法。」「這難道就是戀愛嗎？」

現在舞台上是三對一。

「……戀愛嗎？光是聽到妳這麼說，我就很光榮了。」

那三人排列成一個等腰三角形，把我包圍在重心，和我交談——

這次是真的，靠我的力量根本束手無策……剛才已經領悟過的這個現實，又再度清清楚楚地呈現在我眼前。

遇到這種時候，爆發模式總是能夠想出什麼對策。

然而，現在爆發模式下的我卻完全想不到該怎麼解決這樣的狀況。

在那樣的情況下，我還是拚命追趕著亞莉亞。

即便知道一旦開打就會落敗，而且的確也吃過苦頭、喪失夥伴，但依然緊追不捨。

——太愚蠢了。

可是，我心中對搭檔的心意……

對亞莉亞的心意……

還是讓我犯下了這樣愚蠢的行動。

「戀愛！」「戀愛即是戰爭！」「來戰吧，遠山！哈哈哈！」

——緋緋神。

虧妳自稱為神，卻是這麼笨拙的女人呀。

居然想跟自己中意的男人戰鬥。

雖然這樣講好像在承認自己被緋緋神喜歡上了，感覺很害臊，不過——

原來妳是那種對自己心儀的對象會忍不住想捉弄的類型，而且是終極版本。

或許這是因為妳掌管的就是戀愛與戰爭的緣故吧。

我和妳，就好像這輛兩節編成的磁浮列車。

在不斷交錯的超導力量牽引下——

——讓已經失控的心朝著對方暴衝。

「好，我的情人。今晚就讓我們盡情痛快吧。」

在零點五馬赫的暴風雪中、磁浮新幹線的車頂上。

我彎下身子，為了預防摔落而拔出短刀。我剛才雖然已經從腰帶扣環拉出掛鉤接在鞋子上了，但這樣也許還不夠啊。

好了——這場超超高速列車劫持戰。

對手是緋緋神，而且是三名。以完全緋緋神——『緋彈的亞莉亞』為中心，加上幾乎擁有相同攻擊力的兩個複製體。換言之，同樣的存在有三個。就算外觀是亞莉亞，我現在也必須把緋彈的亞莉亞想成是概念上與我們一般人完全不同的存在才行。

沒錯，緋彈的亞莉亞是——

——超越理解，無法套用理論，教人一絲一毫都不知道該怎麼對應的存在。

不過，那又如何？

所謂的女孩子，本來就是那樣的存在吧？

（前有福爾摩斯，右後有悟空，左後有信長是嗎？）

感覺有點突兀的組合，但可說是很適合我的現實。

這三人之中最可怕的，果然還是亞莉亞。

雖然只是靠直覺，不過我可以從她身上感受到孫與霸美兩倍左右的存在感。

而這樣的感覺……劈里……劈里劈里……也透過物理性傳來。

空氣、森林、山坡、暴雪吹颳的整個空間本身，都在微微震動。

接著——

白銀色的世界中，出現了緋紅色的光芒。

是亞莉亞的右眼開始在發光。

越來越紅。

越來越紅、越來越紅——！

「來，遠山，這招你要怎麼對付？」

——唰。

亞莉亞她……

以及——唰、唰——我感受到動靜而轉頭看見的孫與霸美……

分別從我正面、右後方與左後方三個方向，一起對著我做出『向前看齊』的動作。

所有人的右眼都發出緋紅色的光芒。

一秒接著一秒地，越來越強烈。

（……雷射光……！）

而且是三重雷射。

這種狀況，我連想都沒預想過。

三方向不斷提升的鬥氣，讓大地微微震盪起來。化為景色往後飛逝的樹木明明沒有被東西觸碰到，枝葉和積雪卻「啪！劈里！」地從樹上剝離。

就在這時……

「——金次，我能夠抵銷掉其中一發。」

我腦中忽然響起和亞莉亞她們不一樣的聲音。

……是瑠瑠神。

「就用你在香港使用過的那招吧。只要我在融解過程中增加光程差，從時空兩面擾亂增加的相位，減弱相干性——即使靠這把短刀的長度，也能擋下緋緋的雷射。」

繼承自大哥的蝴蝶刀・色金止女……

開始綻放出藍色的光芒。

就算進入了爆發模式，也不代表知識上的絕對量會跟著增加，因此我聽不太懂瑠瑠神說她有辦法擋下的原理。不過……

我以前把薩克遜劍當成盾牌，從雷射攻擊中保護了自己的那招——矛盾之傘。

妳要我用這種長度的短刀再用一次的意思嗎，瑠瑠神？

「是的。我一定會擋下一發給你看。但相對地，我被鍍在這把刀上的部分也會死亡。雖然最後未遂，但我曾想殺死自己的姊姊，這是應得的報應、贖罪。因此，遠山，你不需要猶豫。」

「瑠瑠，妳……！」

「金次，如果可以，我也希望能見證這場戰鬥做出一個了斷。然而，接下來我已經無法再幫上金次的忙了。祝你好運——」

留下這句話後，瑠瑠神讓光芒增強。

越來越藍、越來越藍——！

「來這招呀。」「但又如何？」「剩下的兩發呢？」「遠山。」「你有辦法處理？」「有辦法對付嗎？」

看到這一幕的亞莉亞、孫和霸美——

從三個方向打轉似地輪流開口，對我如此詢問。

用不著她們說，我也知道。

就算瑠瑠神幫忙擋下一發，還剩兩發是我的工作。

我必須想辦法對付才行。

（那個雷射光……）

是從她們各自的右眼瞳孔射出來。

只要讓她們別開視線，就不會擊中我。

不過，我卻與站在正面的亞莉亞，那紅紫色的眼眸彼此凝望。

畢竟命中註定要互相注視對方的男女，本來就不應該違抗命運。

我也不想把自己的視線從那可愛的眼睛上移開。

所以，就承受亞莉亞射出的光吧。

就這樣，我……對即使生死觀與人類不太一樣，但願意不惜犧牲生命的一部分也要奮戰的瑠瑠神表示尊重——

將宛如藍寶石般綻放光彩的蝴蝶刀伸到自己前方。

乍看之下像往前突刺的矛，但其實是盾。

這就是在日本國內首次表演的矛盾之傘動作。

「或許你這樣能夠擋下一個方向。」「但這次的狀況以符號來形容，就是星號（asterisk）——我們從三個方向把你捕捉在光線的交叉點上。」「不管你逃向哪裡，也只是被貫穿的角度有所改變而已喔。」

……愛講話的緋緋神，妳自己洩漏破綻啦。
從妳的發言中，我靈光一閃了。
雖然我幾何學得很差，但至少知道讓三條直線不交於一點的方法。
另外，這項作戰也可以當作是只顧著看亞莉亞的我對於孫和霸美的賠罪。
我想想，名字就叫——
（——『Non uguale（不等號）』——）
為新招式取名的同時，我藉助於風壓加上些微的櫻花力道，跳向正後方。
綻放藍光的短刀則始終朝著散發紅光的亞莉亞。
以前猴有說過——
緋緋神的雷射光在某個瞬間後將會無法取消出招。就是發射前大約1・2秒。當右眼發出的紅光忽然增加強度，就沒辦法再阻止發射了。
我抓準的就是那個瞬間。
「「「！」」」
因為我的行動，三發雷射光沒有像『＊』一樣從三方向貫穿我的身體，而是——
——『≠』——
像羅馬武偵高中的校徽・不等號（Non uguale）一樣，呈現不規則排列射出來了。
我在發射的瞬間擲出的蝴蝶刀，被亞莉亞的雷射融解，如一朵青花般綻開。
無聲無息地承受攻擊。

（……瑠瑠……！）

瑠瑠神擋下了緋緋神必殺的一擊。

宛如一把小小的雨傘打開似地漸漸漲大的速度，比薩克遜劍當時還要緩慢。

是瑠瑠神利用她的超超能力，在承受雷射光照射的同時減弱了威力，試圖擋下攻擊。

而我負責對付的剩下兩發……

孫和霸美射出的雷射，則是分別從我身體的前後兩側通過，沒有擊中目標。

是我故意讓她們不擊中目標的。

這方法其實非常非常簡單。

是只要有心想做，連小孩子都辦得到的雷射光對付技巧。

我——

在雷射光發射的瞬間，跳到位於我左右後方的孫與霸美的**正中間**。

因為孫．我．霸美列在同一直線上的關係，要是孫的雷射貫穿我，就會擊中另一側的霸美，反之亦然。

所以孫和霸美都為了避免擊中自己人——

不得已下只能移開視線，以『＝』的形狀發射。

而位於兩者中間的我便逃過了一截。

話雖如此，如果緋緋神不惜犧牲孫和霸美也要殺掉我，其實這項作戰就失敗了。

唉呀，或許她認為拿兩名附身對象跟我交換不划算吧。

也就是說，多虧緋緋神把我看得太廉價，才讓我得救的意思。在這點上，我感到有點受傷呢。

長久以來與我共患難的蝴蝶刀化為一朵被風雪吹散的花朵，飛向磁浮列車後方。

連帶瑠瑠神的心意與性命。

「……Non uguale是等號否定，『不等於』的意思。亞莉亞、猴、霸美，妳們不是緋緋神，不等於緋緋神。我依然堅信著這點。」

列車車頂上因為積雪而比較滑，讓我的身體帶著慣性往後滑開。

現在亞莉亞、孫和霸美三個人都在我前方。

不過，她們三人都已經無法再使用雷射了。

一口氣用掉三發，就是她們最大的失算。

「怎麼樣，緋緋神？我擋下了妳最強大的攻擊啦。」

所以，再打下去也是白費力氣。

拜託妳鎮靜下來，放棄對亞莉亞她們的占領吧——我正想這麼說的時候……

「——這個笨蛋金次。」

模仿附身對象的口頭禪如此說道的緋緋神亞莉亞，交抱起手臂咧嘴一笑。

黑色長髮隨著暴風雪飄盪的孫，以及紅銅色短髮亂飛的霸美……一左一右走向亞莉亞身邊。

「剛才的那個才不是攻擊，是消磨時間。」

消磨時間……？

緋緋神的口氣聽起來不像是逞強不服輸。

「因為我在掌握加速的節奏上，稍微費了一點勁呀。」

緊接著亞莉亞這樣一句話後——

磁浮新幹線忽然加速起來。

（……！）

——居然有這種事。

亞莉亞她們操縱了磁力或是什麼東西，讓這輛磁浮列車加速了。

磁浮新幹線的營運速度應該是預設在零點四～零點五馬赫才對。可是現在的速度在體感上……是零點六～零點七馬赫……原本的一點五倍……！

雖然因此產生了些微的雜音——但畢竟是耐久實驗線，列車依然繼續疾馳著。

簡直就像水平飛行的火箭。

我不禁彎下身體，靠鞋子上的鉤爪勉強站著——

孫和霸美則是任由短版水手服的裙襬以及和服的衣襬被強風吹得幾乎要被撕裂，也不以為意地走到車頭方向的亞莉亞旁邊。

然後，做出了奇怪的舉動。

（……？）

彷彿多人體操或是啦啦隊表演似地——

亞莉亞背對我面朝列車的行進方向，孫和霸美則是分別從左右抓住亞莉亞的手。

合作無間的動作，就好像聽從大腦命令的雙臂。

「一嘿、咻！」

抓著亞莉亞雙手的孫和霸美同時把手舉高，被抬起來的亞莉亞則是擺出宛如在空中伏地挺身的動作。像體操運動的雙環項目一樣，把腳朝我的方向伸直。

接著，啪沙啪沙——！

原本被風吹向後方的粉紅色雙馬尾往左右散開。

像一對翅膀似的。

「啊……！」

這時候我才發現。

從雪花的動向可以知道，雙馬尾下方的氣流形成了漩渦。

是產生了升力。

就跟航空機的機翼一樣。

（——她打算飛走嗎！）

證明我的想法似的，亞莉亞到剛才還是靠力量抬高的雙腳，現在明顯從重力中被解放。

孫和霸美往上抬的手也已經沒再施力。

緋緋神之所以從富嶽瞬間移動到這輛磁浮新幹線上，並不只是為了模仿我曾經遭遇過好幾次的劫持戰。

這輛磁浮列車──

是緋緋神亞莉亞的**彈射器**。

──飄──

在零點七馬赫的世界中，亞莉亞的身體飄浮起來。

孫和霸美就像讓戰鬥機起飛一樣放開亞莉亞，動作看起來像兩人高舉雙手喊萬歲，目送亞莉亞離開。

（亞莉亞……！）

不知是磁力又受到操縱，還是車內什麼裝置被念力控制──

──哐噹──！

磁浮列車突然開始減速。

從零點六馬赫──到零點五馬赫──三百公里／小時──兩百公里／小時──

相對地，保持著剛才最高速度的亞莉亞則是丟下列車，往前飛去。

「──亞莉亞……亞莉亞──！」

因為減速讓風壓跟著趨緩的緣故，總算能夠行動的我快步往前方奔跑……

但亞莉亞已經飛到遙遠的上空，幾乎要擦碰到雪雲。

然後……

當磁浮列車減速到一百公里／小時以下的時候，啪、啪。

孫和霸美都倒下了身子。

「……嗚……！」

事情實在發生得太突然，我為了不要讓那兩人摔下車而趕緊抱住她們嬌小的身體——她們看起來已經失去意識——我則是把視線望向幾乎什麼都看不見的暴風雪另一頭，尋找亞莉亞的身影。

（亞莉亞……！）

多虧深紅色的武偵高中制服，以及宛如氣場般的緋紅色光芒，讓我隱約可以掌握到亞莉亞的位置。

她順著山陵產生的上升氣流，越飛越高、越飛越高。

飛行方式毫無遲疑。

果然，緋緋神亞莉亞是打算前往某個特定的場所。

她帶有明確的意志。

「……！」

飛得比山還要高的亞莉亞發出的光——

朝著她剛才在富嶽上似乎因為角度關係沒能看到的白神山地北側，劃出一道軌跡。

接著，那緋紅色的光芒……一閃一閃地……

拖出一條金色的尾巴。

（視野內瞬間移動……！）

就在我發現這件事的下個瞬間——啪——

——亞莉亞的光突然消失。

她丟下孫和霸美——瞬間移動離開了。

4彈　雪之樹海

青森的雪和秋田以南那種黏膩的雪不一樣，被稱為棉雪。

積滿這種雪的大地只要北風一吹，就會像沙漠中的細沙一樣——讓雪被風捲起，在大地上飄流。也就是稱為地吹雪的現象。

而在那片地吹雪中——

我把磁浮新幹線流線型的車頭當成溜滑梯，從車頂滑落到地面。

扛在肩上的孫和霸美都還有脈搏也在呼吸，不過沒有意識。

我以前也看過兩次同樣的現象。一旦緋緋神離開身體，被附身的對象短時間內都會陷入昏睡。換言之，現在的孫是猴，霸美是原本的霸美。講起來真複雜呢。

大概是因為雷射都射完了，緋緋神認為孫和霸美已經沒有需要，所以丟下了她們。

或者搞不好同時操控三個附身對象，對緋緋神來說也是很**吃力**的事情。畢竟世上不管做什麼事都有所謂的代價嘛。

（當初本來是打算想辦法讓她們失去意識的……沒想到最後居然是她們自己昏過去啦。）

雖然在這點上又沒有按照我的計畫發展，不過這樣也好。反正這兩人被救下來了，至少到剛才為止的戰鬥不算白費。包括犧牲的閻和瑠瑠神。

一直垂頭喪氣也沒辦法繼續戰鬥，於是我這樣說服自己，讓心情重振起來後，環顧四周……在列車與導軌周圍設置有將雪融化為小河流走的融雪系統。不過積在左右兩側的雪就像牆壁一樣圍住了列車線。

積雪目測兩公尺，體感溫度為零下五度。這地方也是個地獄啊。

（……雖然比一月或二月那種最糟糕的季節來得好一點就是了。）

然而，天氣依然是暴風雪。要是不趕快行動……別說是穿著短版水手服的猴或是迷你裙和服的霸美了，只穿武偵高中男生制服的我也會被凍死的。

於是，我用貝瑞塔射破磁浮列車的一扇車窗。

防爆式的雙層玻璃窗碎裂得沒有很嚴重，因此我用手槍握把當成槌子把彈痕敲大……然後用槍身滑套的部分整平邊緣，做出一個入口。

接著把又是裙襬只到胯下一公分又是沒穿內褲的猴＆霸美——在各種意義上小心翼翼地推進車內。

最後自己也進入磁浮列車內，拍掉身上的積雪……

點亮緊急照明的實驗車廂內沒有乘坐人員，也沒有開暖氣，讓車內的溫度與外面沒太大差別。看來這是一輛從縣立實驗中心遠端駕駛的無人列車。

不過，大概是因為偶爾會讓人員搭乘進行測試的關係——車廂的出入口前設置有試乘用的座位。

於是我暫時讓猴與霸美坐到車位上……

（既然會有人搭乘，就表示……）

接著在車廂內四處找了一下……找到了。寫有『緊急用』字樣的隔熱置物箱中，放有保存水的五百毫升寶特瓶、乾麵包罐頭、急救箱、緊急用手電筒以及防寒大衣……！

看來上天很眷顧我呢。

（不，如果很眷顧我，應該打從一開始就不會讓我陷入這種狀況才對啊。）

我姑且往頭上的傷口灑了一點消毒藥，拿起寶特瓶喝了一、兩口水後──

「嗯……」

「嗚……」

從座位方向傳來猴與霸美醒來的聲音。

「……猴，霸美，妳們還好嗎？」

我走過去一看……發現那兩人都因為『剛才明明還在鬼之國，回過神來卻在磁浮列車內』的緣故，不斷眨動她們圓滾滾的大眼睛。

在我來看，倒是有種剛剛還在拚命廝殺的對手現在又變回普通小女孩的感覺。

一方面為了讓彼此有段時間能整理心情，我簡單扼要地說明了一下事情的經過後──

「……？肚子餓了。」

「雖然是孫做的行為，但猴竟然對遠山和閻小姐……」

在簡直沒理解狀況的霸美旁邊，猴沮喪地湧出淚水。不過……

「……緋緋神之所以會同時操控亞莉亞小姐、霸美小姐和猴……應該也是為了互相比較，進行最終確認。體內沒有緋緋色金的霸美小姐，以及個性與緋緋神相異的猴，這兩人終究只能成為不完全的緋緋神。不完全的緋緋神在沒有被附身的時候會擅自行動，也會像這樣把有關緋緋神的事情洩漏給別人——對緋緋神來說，是相當不便的存在。她應該就是因為這樣，才捨棄猴和霸美小姐的。這也代表亞莉亞小姐被緋緋神選為完美化身的意思。」

猴接著告訴了我她的這番見解。

瑠瑠神之前也說過……

緋緋神其實是個意外謹慎的傢伙。

她在測試同條件下操控三個對象的同時，還相對性評估了亞莉亞的實戰性能是嗎？

「——下車吧，去追亞莉亞。」

我說著，把人工皮製的大衣披到身上。

然後從車廂偷走各種緊急用道具，準備爬出車窗。

「在、在這種下雪的山中跑到外面，太亂來了呀，遠山……！而且，既然亞莉亞小姐是飛往這輛磁浮列車的行進方向，只要讓列車再動起來就能追上了。」

明明對我是直呼其名，對亞莉亞卻是用小姐稱呼，在這點上讓我有點不爽的猴……對外面的暴風雪感到極為害怕，而拉住我大衣的衣襬。

但我則是……

「不對，跟方向沒有關係。」

把眼睛瞪向窗外激烈的地吹雪。

即使爆發模式快要結束，我還是試著推理。

亞莉亞飛往的方向，並不是她的目的地。

因為只要以『視野內瞬間移動』這樣的移動手法為前提，她可以無視於方向跟距離。

而她瞬間移動以外的所有移動，都只是為了要『看見』目的地。

不這樣思考，就無法判斷出緋緋神亞莉亞真正打算前往的地點。

那麼，從富嶽上看不見，可是從八甲田山西南側就可以看到的地點是哪裡？

——各自的經緯度。

——以前看過的青森縣地圖與等高線圖等等記憶。

——亞莉亞消失瞬間的高度。

我利用這些條件，在腦中組起3D模型進行確認。

「是星伽神社。」

緋緋神亞莉亞是在看到那地點後瞬間移動的。

朝青森縣弘前市星伽山上的星伽神社。那座宛如深山堡壘的神社。

「……」

漸漸消退的爆發模式已經變得不太可靠，於是我拿出手機。

電波……太好了，還有一格。

我利用GPS測定現在位置，計算與星伽神社之間的距離。

……如果不考慮地形起伏，大約五十公里左右是嗎？

走吧。

我必須要走。

為了這次一定要拯救被緋緋神囚禁的亞莉亞。

而且，這狀況已經不是什麼偶然了吧──白雪。

就如梅露愛特所說，我一定要從應該就在那地方的妳口中問出來。

問出妳知道的所有答案。

「猴，來吧。接下來我會很需要妳。」

我用不容分說的表情稍微把頭轉向猴──

「啊……是……」

結果猴不知道為什麼微微臉紅，跑去緊急置物櫃拿了一件防寒大衣過來。

「猴必定會獻上微薄之力的。緋緋色金長久以來讓猴經歷過各種難受的事情，又似乎沒有人能夠解決這個問題。不過，如果是遠山，或許就能根除緋緋神的詛咒。猴願意幫忙遠山。」

猴如此說著，大大的眼睛中湧出強烈幹勁……但因為她身高連一百四十公分都不到的關係，大衣整個拖在地上。雖然我沒資格說別人，但這女孩也真是帥氣不起來呢。唉呀，那就是她可愛的地方就是了。

另外，霸美大概是不想要一個人被留在這種地方的緣故……

「霸美，一起！」

一邊吃著貴重的糧食乾麵包，一邊鑽進猴的大衣中。

「咿呀！」

猴發出感到很癢的聲音，兩人在大衣裡動來動去……

噗。噗噗。

最後變成大衣上面有兩顆小腦袋，下面冒出四條腿，猴的右手從右袖、霸美的左手從左袖冒出來的狀態。

簡直就是變相的二人羽織（註3），並肩版本。

……我看妳們這樣就好了啦。

註3「二人羽織」係日本一種傳統宴會表演，兩位表演者共穿一件大衣，一人露出頭，一人露出雙手，表演吃東西等雜藝。

畢竟霸美不只外觀，連腦袋都像個小孩子，需要有個人看顧才行。要是放著不管，會被罵說是放棄育兒的。

我對名副其實礙手礙腳的霸美嘆了一口氣後——分別遞給那兩人各一瓶水。然後看到她們都想直接放進口袋，於是……

「我勸妳們現在就先把水喝掉三成左右。滿滿一瓶的水不會流動，很快就會結冰了。讓水在瓶子裡有空間動一動，比較不會凍結。」

我告訴她們在武偵高中根本是一年級野外求生訓練就會學到的知識，結果猴回了一句「原、原來如此」，看起來好像一點都不知道這種事情。

「哦哦對了……畢竟妳是從氣候溫暖的香港來的嘛。會不會害怕雪山？」

「……會。雖然猴在西藏有看過雪，但沒看過這麼誇張的暴風雪。」

生活在鬼之國或非洲的霸美應該也不用說了。那些地方連雪都不會下啊。

因為西伯利亞寒流蓄積而堪稱積雪世界第一深的土地——青森，恐怕是對她們而言最無法適應的地方。

看來我必須好好保護這兩人才行了。

「別擔心，我小時候因為大哥工作上的關係，有在青森住過一段時間。而且在雪山遇難也不是第一次了。」

「真不愧是遠山，各式各樣的危機都經歷過呢。」

猴把兩顆拳頭握在胸前，抬頭對我露出尊敬的眼神。不過……

……那算是在誇獎我嗎？

我們離開磁浮列車，「沙、沙」地爬上周圍的雪。

厚重的雲層積在上空的山毛櫸樹林中相當昏暗，雪原上飄流著像白煙一樣的細雪。

我對二人羽織狀態的猴&霸美先說明了一下接下來的計畫：

「我們首先根據手機的地圖，往西邊的一條小河走。只要繞過那裡，應該就能看到一條國道。雖然那條路三月還沒開放通行就是了。到國道之後，就沿路往北方的山脊走。只要到達那裡——我有一項作戰。」

雖然說是有作戰，但其實勝算不高。

然而為了不要打擊同伴們的士氣，我還是別說明比較好。

「另外，猴、霸美，在外面走動的時候，記得要讓手指一直動，也別忘了偶爾揉一下鼻子。」

「為什麼呢？」

「肚子餓了。」

「要不然就會在不知不覺間凍傷啦。」

我一邊警告她們寒冷的危險性……

一邊把腰帶的扣環轉到身後，拉出繩索，給走在後方的那兩人抓住。

因為霸美和猴披著同一件大衣，應該不用擔心她們彼此走散——但是在這種暴風雪中，即使緊跟在後也會看不見前方的人影啊。

就像剛才對猴說過的，我去年在阿爾卑斯山上也有遇難過——

但這座山跟我完全不熟悉的白朗峰不一樣，是日本的山。

我小時候和大哥在八甲田跟白神山地露營過，不至於到完全不清楚地形的程度。就算沒有人帶路，應該還是會有辦法才對。而且我高一的時候也有接受過山岳訓練，雖然那次地點是在赤城山啦。

……囉囉嗦嗦的也不是辦法。

走吧。

我不清楚緋緋神是不是打算引爆紛爭，但更重要的是——

我要奪回我的搭檔，奪回亞莉亞。

於是，我往零下五度的雪原邁出了腳步。

我走在暴風雪中，偶爾回頭確認猴&霸美是否有跟上。

這地方和幾乎都是冰原的白朗峰不同，腳下的雪就像棉花一樣柔軟。

雖然不滑是件好事，但腳只要一踏下去就會直接沉到膝蓋。因此走在前方的我必須一邊前進，一邊把雪踢開造出一條路才行。

……通常可以用每小時五公里的速度行走的山路，在這條件下連三公里都很困難。

雖然大衣口袋中有手套，不過腳部的防寒措施就很不足夠。

我是有從磁浮列車的座位上剝下人工皮包住大家的腳，然而雪還是鑽進鞋子裡了。

現在手機姑且還可以看地圖，但已經收不到電波。

即使我認為自己應該正朝西行進沒錯，可是四周沒有任何東西可以拿來當標記。

在這樣的狀況下走著走著……前後左右的樹林都變得看起來沒有兩樣。

簡直就是雪的樹海……

（該死！看來我太天真了。）

從磁浮列車出發後明明連一小時都還沒過，我就對自己是否在朝正確方向行進都變得沒有自信。

搞不好其實已經迷路了也說不定。

若真如此，無謂消耗體力只會更危險。

是不是應該折回頭到列車線比較好？不，我們留下的腳印恐怕都已經被雪覆蓋了。

「如果這場暴風雪能停息下來就好啦……」

我環顧著森林，不禁吐著白煙嘖了一下舌頭。

結果……

「要停了。」

從背後忽然傳來霸美的聲音。

「……？妳知道？」

「嗯，霸美知道。雪，要停了。」

和猴貼著臉蛋、緊靠在一起披著大衣的霸美——

說出了這樣的話。

「另外，遠山。走的路，往南歪了。往那塊岩石走，比較好。風的路徑不一樣。」

舉起戴著厚手套的手指向右前方雪原的霸美，似乎……

不愧是從非洲回來的鬼，對自然界很熟悉的樣子。靠她如同野生小孩般的本能。

「猴，這裡，跟吉力馬札羅山的山頂好像，對吧！」

「就算妳問猴『對吧！』，猴也……」

笑咪咪的霸美與一臉傷腦筋的猴以並肩二人羽織的狀態對話著——看來我的學識還不夠呢。

原來在非洲的大自然中，也是有積雪很深的高山啊。

後來……

我們就在霸美的帶路下，順利在暴風雪吹襲的山毛櫸樹林中行進著。

霸美似乎真的擁有如同野性雷達般的感覺——只要照她說的去走，就能走在地形上比較不會被風直吹的路徑。

還真強啊，霸美，居然靠直覺就能翻山越嶺。

「肚子餓了。」

「給妳獎賞。」

反正已經凍得硬邦邦我也咬不動，於是我把自己的乾麵包分給霸美。

結果霸美開心地大叫一聲「感機不進！」然後露出利牙「咖茲咖茲」地吃了起來。
就這樣，我們朝著西邊的小河不斷行進……
隨著標高越來越低，積雪也漸漸減少。
（看來朝小河走果然是對的。）
進入三月後，就是融雪季節。即便是青森，低窪地方的雪也會變得比較少。
另外——謝天謝地，正如霸美的預報，風雪停息下來了。
不枉費我們這段雪中強行軍呢。
感覺已經可以突破這道最難關了。
然而，從雲層縫隙看到的天空……
「……快天黑了，必須找個地方露營才行。」
太陽已經漸漸西下。
氣溫也伴隨著漸漸降低。
「請問是要露宿山野嗎？滋滋。」
猴吸著鼻涕、露出畏懼的表情如此詢問……
「我也很想繼續趕路啦，但是在深夜的雪山走動根本是自殺行為。趁太陽還沒下山，找個陰影下的雪挖洞，晚上躲到裡面避風等日出會比較好。」
於是我對她說明後……
「要休息？」

霸美似乎從我和猴的對話明白了這點——

「那這邊，比較好。」

伸出她的小手，示意比我們剛才爬下來的山坡還要下面的位置。

「……難道有什麼人住在那裡嗎？」

我想說該不會是像之前在內華達州遇到的桑德斯爺爺那樣，有什麼怪人居住在這種地方，而如此問她。然而……

「人，沒有。可是這邊，有溫暖的感覺。」

霸美的回答還是讓我聽不太懂。

時間上——

若真的要挖雪壕就要趕快開始挖，不然身體還沒躲進去太陽就會下山了。

挖雪壕簡單來講就是要往下挖出一個雪洞，必須挖到可以讓全身都躲進去的深度才行。在沒有鏟子的情況下，相當花時間。

不過，太陽還沒下山。

如果不挖雪壕，相信霸美繼續走——還是有辦法行進。

「距離妳所謂『溫暖』的地方，還有多遠？照我們剛才的速度走下去的話，有辦法在太陽下山前抵達嗎？」

「嗯～嗯～」

霸美看起來很努力在理解我所說的意思，一下皺起眉頭，一下握住犄角，一下又對著什麼都沒有的空間做出嗅味道的動作。

然後，忽然露出笑臉……

「哦！可以！」

……雖然這種判斷讓人很不放心把性命交給她……

不過從霸美剛才在山上的表現來判斷，也許可以賭一把。

好，就走吧。不挖雪洞了。

自古以來，夜間的雪中行軍即使是軍人或自衛隊員也會輕易喪命。

但畢竟風雪已經停息，而且霸美指示的路徑——是巧妙地優先降低標高的一條路，因此從樹木被埋住的程度上也可以明顯看得出來，積雪一公尺、五十公分地越來越少。

最後幾乎在日落的同時……

「……是土。」

我們的腳下開始露出泥土了。

前方的斜坡上，有雪的地方與沒雪的地方互相參雜，看起來斑斑點點。

腳下的泥土是秋天的落葉堆積形成的腐植土，比雪地來得好走多了。

「是，遠山。這裡感覺已經像是普通的冬天山林呢。」

「怎麼樣～」

猴和霸美並列的臉蛋露出笑容，身上那件本來因為積雪而呈現白色的大衣也漸漸恢復原本皮質的顏色。

雖然吐出來的氣還有點白，不過在夜晚的森林中可以聞到樹木與泥土清新的氣味。在銀色的月光下，只要挑選泥土裸露的地面行走，速度也提升許多——

總算，我聽到水流的聲音。是目的地的小河。

「霸美，看來賭在妳身上果然是正確的。」

我輕輕撫摸霸美的頭。雖然手會勾到犄角有點痛就是了。

接著我們撥開不至於密集到無法前進的矮竹林，來到山間小河一看……

河水因為積雪融化的關係，漲到讓人有點驚訝的程度。

我拿出手機確認——太好了，這次電波有兩格。

雖然GPS的誤差半徑很大，不過和地圖上的小河重疊的只有一小部分。可以判斷出我們現在的位置。

「……津輕國定公園內、特別保護地區……縣道28號線……」

好，根據地圖——

只要稍微再走一段，就有橋可以渡過小河。

到了對岸就有車道。雖然很可惜，這個季節山上的車道都還沒開放通行，所以沒有便車可搭就是了。

不過我原本的預定計畫就是從這裡朝對面的山脊往上爬。

既然有車道可以走，想必會比走山林小路來得輕鬆很多吧。
而我打算前往的場所——
雖然沒有特定某個地點，但總之就是這條河上游的山脊。
如果我的記憶沒錯，從那地方應該可以看見星伽神社才對。
就跟亞莉亞一樣，我們沒有必要辛辛苦苦走到星伽家。
只要到一個可以看見那裡的地點就行了。
這樣一來……
（猴的觔斗雲——瞬間移動就能使用。）
據說一晝夜只能用一次的那招，亞莉亞和霸美都已經用掉了。不過……猴還沒用呢。
我如此思考著，並拿起從磁浮列車上借來的手電筒照亮前方，朝橋的方向繼續趕路。
走著走著，總算看到了久違的人工物。是從地面凸出來到腰部左右的高度、寫有『保健保安林　昭和五十年度設立　青森營林局』字樣的生鏽鐵柱。
在那鐵柱前……
「遠山，請問這是代表森林入口的標示對吧？也就是說，前方便是有人往來的街道。撿回一命了呢！」
「哦！霸美，猴，遠山，上天保佑！」

猴露出安心的表情，霸美依然充滿精神，分別用笑臉抬頭看向我。

這兩人明明經歷了一段強行軍卻還是感覺若無其事，小孩子真有體力啊。

而且這兩人笑起來都是充滿個性的可愛女孩，讓我頓時感到有點不知所措……

「唉呀，雖然現在禁止通行就是了。走吧。」

於是我只能很低調地──微微豎起大拇指回應她們。

隆隆隆隆……在發出激烈水聲的河流上，有一座鐵製扶手很粗的橋。而度過那座橋後……

我們來到布滿落葉的縣道。

然而……

即使走在縣道上，也因為有山毛櫸樹林的關係，視野不佳。

接著朝霸美所說『溫暖』的方向走了三十分鐘、一個小時……總算來到了應該可以看見星伽家方向的北方山脊。

可是周圍依然只能看到夜晚的車道與山毛櫸樹林。

（不過，這條山脊一定有個地方可以看到才對……！）

小時候我就看過好幾次。因為工程、砍伐或森林蟲害而變得光禿的山地，視野會比較遼闊。從那裡一定可以看到星伽家。

為了尋找那樣的地方，我們又走了兩小時，到前方又開始出現積雪擋路的時候──

我們在車道旁發現了一間不斷有水蒸氣冒出來的建築物。

那是一棟兩層樓的木屋，明明是晚上卻沒有燈光。明顯無人居住。

因此雖然對屋主不太好意思，不過我像壁虎一樣爬上木屋的牆壁……

從屋頂上凝神注視山毛櫸樹林的上方。

即使爬到這高度，也沒能看到星伽家——但我卻發現了一個好東西。

「……！」

在月光下，大約三公里前方的山脊上有個突出的人工建築物。

是鐵塔。

是為了送電嗎？氣象觀測嗎？還是電波塔……我不清楚用途，但樹林另一頭的確可以看到一座鋼骨結構的高塔。

而為了搭建那座鐵塔，周圍的樹木都被砍伐，然後光禿的山面從那地方往四周擴大了。

換言之，那地方的視野相當遼闊。

只要在那鐵塔上稍微爬一點高度，應該就能看見星伽家才對。

於是我把頭轉向和霸美保持二人羽織的狀態爬上木屋屋頂的猴。

「猴。」

「是？」

「妳應該能使用瞬間移動——觔斗雲吧？」

因為作戰幾乎確定可以成功的關係，我開口如此問道。

「啊，是。雖然三個人應該會超重，沒辦法全部運送。」

「妳只要運送我就可以了。緋緋色金一即是全、全即是一……就像自己的手接近自己的頭一樣，要是妳們接近緋緋神，想必會被她發現。那樣一來，緋緋神搞不好又會附到妳們身上跟我打了。」

緋緋神現在放棄了同時操縱三個身體的行為。

假設那是因為即便是緋緋神，要同時操控三個人也需要很高的專注力……那麼現在既然放棄這行為，就表示緋緋神肯定在進行其他某種需要專心的工作。恐怕——就是讓亞莉亞變成完全緋緋神的最終步驟。

她會前往星伽家應該也是為了這個目的。

假設、肯定、恐怕、應該。

我的推理可說是充滿漏洞。

然而，我很快就能知道全部的答案了。

只要我到達星伽家，和白雪見到面。

畢竟唯獨這一點，有推理天才梅露愛特・福爾摩斯女士掛保證啊。

（究竟在星伽家有什麼東西……白雪，妳們到底隱瞞了什麼事情。）

我現在就過去，把這些都問個清楚。

下定決心的我……

「猴，把我——從那座鐵塔上，運送到我指示的場所。」

伸手指向森林的另一頭……結果一如往常的不幸技能又發動了。

——月亮被雲層遮掩，讓四周頓時變得昏暗。

而且感覺應該不是暫時性，會持續一段時間。

因為變暗的緣故，鐵塔也消失在一片黑暗之中。

簡直就像搞笑片一樣，剛好在猴望向森林遠處的時候看不見了。

「原來就是為了這樣才走到山脊來的呀，遠山。猴知道了，可是……請問鐵塔在什麼地方？」

猴皺起眉頭，在黑暗中努力尋找。

然而，現在根本看不到鐵塔。

因此想到一個疑問的我，對一起努力望著遠方的猴與霸美問道：

「話說，要是看不到目的地，就沒辦法使用瞬間移動嗎？如果知道大概的距離和方向也不行嗎……」

畢竟連三公里前的鐵塔都看不見，就更不用說大約四十公里遠的星伽神社了。

「是，觔斗雲的出口座標只能設定在眼睛可以看見的場所。」

……也就是說，這下只能等待雲層散去啦。

雖然山上天氣多變，但搞不好會一直等到明天早上。

再說，現在要過去鐵塔那邊也有可能會在山中迷路，就算運氣好爬上了鐵塔，光線太暗也看不到星伽家。

（亞莉亞……）

我看著顯示已經超過晚上十點的手錶，心急得幾乎快喘不過氣。

雖然心情焦急，但是……

如果失去冷靜，人的能力就會減半。

我想起以前蕾姬說過的格言，決定暫時先等待天候恢復了。

為了消解剛才走山路過來的疲勞，我想說趁等待時間進這棟木屋打擾一下——

於是稍微找了一下出入口，結果……

『非常感謝各位朋友四十六年來的支持與愛護，本旅館即日起歇業。　平成二十一年三月　星崎溫泉』

我看到一張寫有這些文字的公告，還有動也不動的自動門。

……看來這是一間剛好在一年前關門大吉的溫泉旅館。

我從武偵手冊拿出解鎖鑰匙打開旅館後門一看，裡面似乎並沒有被野生動物入侵過。

在一間看起來像溫泉更衣室的房間中，置物架上還有留下精油蠟燭。於是我拿出裝在貝瑞塔槍套底部的打火棒，點燃蠟燭。

照亮四周後我才知道，這棟木屋之所以會從屋後冒出水蒸氣……

是因為旅館雖然歇業了，引天然泉的溫泉依然還有熱水從地底湧出來。

也多虧如此，即使旅館已經停電也沒暖氣，這間更衣室還是有點暖和。真是太好了。

這就是霸美所謂『溫暖』的地方啊，原來如此。

「在這邊待命到月亮出來吧。」

我對總算從二人羽織狀態分裂的猴與霸美下達這樣模糊的指示後……

一屁股坐到置物架旁邊。

剛才我還想說天候不佳讓月亮被遮住會浪費很多時間，不過……

看來我的身體比自己想的還要疲累。

一方面是因為爆發模式下戰鬥的後遺症，但更嚴重的是在雪山上被奪走體溫造成的傷害。

話說，身體一靜下來就開始發抖，可見其實我差點就要凍死了。

雖然我很想快點到亞莉亞所在的地方，不過現在還是先休息一下，讓身體取暖比較好——要不然到途中就會不支倒地的。

俗話說，欲速則不達嘛。

「……」

被我靠著身體的置物架上——

衣物籃中還留有用塑膠袋包起來的全新毛巾以及面紙等等東西。

每樣東西上都印有溫泉旅館的名字和電話號碼。

（『星崎溫泉』是嗎……）

這附近的地名，很多都是用『星』取名。

星伽也是其中之一。

既然已經來到名字有『星』的土地，就代表我已經非常接近星伽神社……也就是梅露愛特所謂的『緋緋色金研究所』。

就結果來說，我還是做出了符合梅露愛特建議的行動呢。

「是溫泉！溫泉！哇～！遠山！做得好！」

踏踏踏踏。

一位全裸幼女跑過我的眼前。

「霸、霸美小姐！請等一下呀～！」

然後，身穿短版水手服的幼女追在後面。

……隆隆隆隆……啪……

啪啪……隆隆隆隆……

（……這聲音、是……）

從遠處的山上傳來宛如地震的聲響。

這是——雪崩的聲音。

途中聽到像繩索斷裂的聲音，是樹木或枝條被雪折斷扳倒的聲響。

印象中小時候在早春季節也偶爾會聽到這聲音，害我必須安慰怕得哭出來的白雪她們。

（要是剛才選擇在山中露營，搞不好就被捲入其中喪命了。）

看來賭在霸美的野性上，決定強行軍下山是正確的選擇。

我都必須尊稱她為霸美大人啦。

「哇～！」

踏踏踏。

呃……

……霸美……大人……？

雖然剛才我因為雪崩的聲音，暫時逃避現實裝作沒看到，但……

「喂！霸美！妳為什麼──」

──全身光溜溜啦！

彷彿是要回答我的疑問似的，霸美打開通往浴池的房門衝了出去。

然後張開雙手，非常有精神地「嘩──！」一聲跳進應該只是把天然溫泉擴大的露天浴池中。

我和猴都忍不住像亞莉亞一樣急速臉紅起來，不過……

「很好、很好！霸美，好冷！熱水澡好溫暖！」

……看到在一片蒸氣中開心玩水的霸美，心中都不禁湧起勝過羞恥心的羨慕感了。

那看起來真的、真的好溫暖。
冷透的身體全力渴望著快點進到溫泉裡。
只要泡進熱水，想必也能從寒冷疲憊的狀態一口氣復活吧。
「……那個、遠山。猴也……」
看著霸美打從心底感到舒服的樣子，猴似乎也忍不下去了。
她的雙眼緊盯著不斷冒出水蒸氣的溫泉。
夜空——
依舊一片黑暗。
「——妳去吧，沒關係。反正月亮應該也不會馬上露臉。妳們到浴池的另一頭去取暖，我也會在這一頭泡泡澡。」
反正這溫泉大得像游泳池一樣，似乎本來就沒有分男用池跟女用池……
而且水蒸氣這麼濃，只要稍微離開一點，應該就看不到對方的身體才對。
我首先閉上眼睛面向牆壁，等猴脫掉衣服進去浴池後，自己也拿著毛巾走向溫泉。
從另一頭「嘿～！熱水灌頂！」「哇呀！水進到耳朵了～」地傳來兩位女孩子嬉鬧的聲音——總覺得會刺激莫名其妙的想像，實在不太好。於是我把剛才的面紙撕成小塊塞進耳朵，當成臨時耳塞。
如果是平常的我，就算被手槍威脅也絕不會闖進有兩名女性在裡面的溫泉才對……但現在是為了治癒凍僵的身體才這麼做的。

耳塞有塞緊了。

光線昏暗加上蒸氣，眼睛也幾乎什麼都看不見。

安全確認完畢，好，上吧。

就在我把腳趾泡進熱水的瞬間——

（……復、復活啦……！）

太舒服了。

舒服到我都快哭了。

原本發青得有如屍體的手腳末梢與身體各部位，都漸漸恢復。

雖然水溫偏燙，不過對冷透的身體可說是剛剛好。而且也能預防泡完澡後又著涼。

另外，我泡進去才發現……

這溫泉很淺，是可以靠在岩石上坐著泡澡的類型。

然後背部和腳剛好可以放在有點凹凹凸凸的浴池底部，給人一種按摩的感覺。

或許別人會覺得這種喜好很像老爺爺，但我就是喜歡這種溫泉。太棒了。

（如果是在遊戲中，現在應該會出現血條全部恢復的特效吧……）

把肩膀也浸到水中的我，伸展一下手腳，「呼……」地吐了一口氣。

眼前是一片黑色的天空，圍繞溫泉的灰色岩石，以及周圍深綠色的樹林。月亮的白光還沒灑下來。

我抬頭仰望著厚厚的雲層……

一邊讓熱水治癒身體，一邊等待烏雲消散。

十分鐘。二十分鐘。就在我甚至冒出熱汗，全身都感到溫暖的時候——

——雲層開始出現比較稀薄的部分。

只要那部分飄到月亮底下，就會讓四周稍微明亮一些。

雲層中那樣的部分越來越多，偶爾甚至會出現縫隙。

很好，天氣確實漸漸好轉了。

最後，終於……

（……是月光！）

看見了。

白色的月光，黑色的天空，還有膚色的……猴……？

「……！」

在、在、在我、眼前……！

是、是、是猴小妹妹！猴小妹妹呀！

畢竟正在泡澡所以理所當然地，她、她全身光溜溜……站在我眼前！

「……！」

與我對上視線的猴，和她年幼的五官一樣——

看起來幼小的身體，在皎潔的月光照耀下一覽無遺。

小巧、白皙而平滑的雙肩。

維持發育途中狀態的小巧胸部。那曲線沒有完全隆起，便接到腰部——沒什麼凹陷的腰圍，接著底下是迷你到感覺用雙手可以輕鬆抱住、但反而因此更充滿誘惑的小屁股。

從她線條優美的腿上緩緩滑落的水珠，不知道為什麼看起來像愛心的形狀。

「〜〜〜、〜〜〜！」

把宛如小動物般圓滾滾的眼睛睜得大大的猴不只是臉蛋，全身都泛紅起來，露出皓齒的櫻桃色雙唇不斷開開合合。

因為我塞著耳朵聽不到聲音，不過從讀唇判斷——她是因為我在黑暗中太安靜，誤以為我已經離開浴池，然後看到月亮露臉而打算來告訴我這件事——結果就在這邊和我撞到面了。

雖然猴巧妙地自己用雙手和尾巴遮住身為女生的重要部位，但……

我還是擔心她會為了逃跑而浪費寶貴的觔斗雲，於是拿下耳塞試圖和她對話。

然而猴似乎比我所想的還要慌張失措……

「對、對不起、對不起、遠山對不起！」

不斷對我低頭道歉的她，因為這樣的動作……

「——哇呀啊啊啊啊〜！」

在凹凸不平的浴池底部踩空……

……嘩啦！

往前跌了過來。

好不容易遮住重點部位的手和尾巴也都鬆開，兩手撐到我的肩膀上。

「……！」

「……！」

其實我大可以躲開身體，但那樣猴就會一頭撞在岩石上。因此——

我只能伸手接住全身光溜溜的猴了。在自己也光溜溜的狀態下。

結果——

我就這樣泡在溫暖的熱水中，抱著女孩子的身體，讓對方壓在自己上面。

而且是個雖然實際上似乎有兩千歲，但外觀看起來只有小學五年級左右的女孩子。

被水沾溼的黑髮有一小撮貼在她的臉頰上，讓猴原本就感覺年幼的印象又顯得更加幼小。

「遠山……請別擔心，猴很鎮定的。猴不會、不會讓緋緋神抓到內心的縫隙。」

被我抱在胸前的猴——

彎起手臂，縮著身體不斷發抖。

看來她是因為萬一莫名讓情緒高漲，就有可能讓緋緋神附身，所以拚命在壓抑被我＝男人抱住而引起的興奮。

那難受忍耐的表情看起來反而惹人憐愛——

這畫面很糟啊……！我的血流漸漸集中到中心、中央來了！

忍下來，給我忍下來，金次。撐過這波浪潮。如果今天這情境的對象是白雪或理子應該就當場出局了，但外觀這麼年幼的猴應該可以在我腦內當成小孩子看待才對。我對年紀小的對象沒興趣。沒有，絕對沒有……！

我和猴都為了不要碰到對方奇怪的部位，沒辦法隨便動作。

而……就在這時……

「唔唔唔？唔～？哦～！」

出、出現啦！第一位全裸幼女——或者應該說是第二位的——霸美！

高高抬起腳「啪沙啪沙」地撥開水面跑過來啦！

而且還笑臉全開、高舉雙手。

雖然和即使身材嬌小卻還是像女孩子的猴不一樣，霸美的魅力在於有如少年般的活潑個性。不過……

她同樣在月光照耀下清楚浮現的身體，果然還是讓人明白她是個女孩子。

明明只是稍微有點輪廓的胸部，卻依然呈現一彈一跳的躍動感。

「哦哦哦哦～！遠山，猴，要做孩子！」

像炮竹一樣吵的霸美大人看到全裸的猴騎在全裸的我身上，似乎誤解了什麼事情。

聽到她這句話的猴也趕緊用雙手遮住通紅的臉蛋，從手指縫隙間來回看向我和霸美。

「才、才、才不是啦！」

總覺得霸美的發言對猴也很失禮，於是我滿臉通紅地斥責霸美。

可是……

「讓我看怎麼做！我想看我想看我想看！」

她卻從浴池中爬出去，到我們旁邊趴下身體，目不轉睛地盯著我們。

「為、為為為什麼想看那種東西啦！興趣太糟糕了吧！」

「閻，津羽鬼，都不告訴我！嬰兒，從哪兒來？不告訴霸美！誰都不告訴我！遠山，告訴霸美！」

「就、就是……婦產科的產房啦！」

話說，為什麼我要為了這種事情對一個小女孩進行性教育啦？

或許這應該要判斷為漸漸進入爆發模式造成的影響。

對於女性有問必答。雖然有點打迷糊仗就是了。

「附餐科的餐房？霸美不懂！直接看比較快！」

「遠、遠山，呃、那個，萬一孫又跑出來也很傷腦筋，所以拜託你能心平靜氣。我也會努力做到最後都不要讓內心波動的……！」

為什麼連猴都擺出願意接受的態度了！

「那、那種事情怎麼可能做起來心平靜氣啦！雖然只是我的想像而已……」

結果我對猴也忍不住乖乖吐槽了。不妙——

「快讓霸美看！看完後，下一個，霸美！霸美也要小嬰兒！」

——不！

就算實際年齡超乎常人，但要是我把這兩人肚子搞大，還是會被逮捕然後因為武偵三倍刑遭到砍頭、下地獄的！

「我要看我要看我～要～看～！天下！布武！」

霸美終於還是一個翻身躺在溫泉旁邊，開始用力亂甩手腳，進入耍任性狀態了。

別看這樣，她可是超力之鬼。雖然這旅館已經歇業，但要是讓她暴動起來，搞不好會把溫泉都破壞掉的。

或者說，她真的已經徒手敲碎了岩石——

我和猴都不禁慌張起來，光溜溜地爬出浴池。然後一左一右抓住霸美的雙手雙腳，像捕獲山豬一樣把她抬出溫泉。

另外，這時我發現到……

我果然已經進入了爆發模式。也許是因為爬出了熱水讓血流稍微平緩下來的關係，我可以感覺到自己包含大腦在內的中樞神經有如水晶般呈現清晰狀態。

要是接下來又被霸美或猴提出剛才那種要求也很傷腦筋，於是——

「——我們快走吧，趁月亮沒有再次被遮住之前。」

我趕緊轉移話題或者說言歸正傳，如此命令猴和霸美。

對我來說，溫泉這種地方——

看來不只會恢復體力，也是爆發模式的全恢復點呢。

雖然說，如果這是遊戲，應該會因為剛才的溫泉橋段而被ＣＥＲＯ審查區分為非全年齡遊戲就是了。

我們再度穿上大衣離開星崎溫泉後，靠著手電筒走在森林中……

總算來到一塊積有薄薄的雪、在圓形範圍內都沒有樹木生長的場所。

銀色的月光讓雪白的地面閃閃發亮，氣氛上宛如什麼妖精的棲息地。

然而在這塊地的中心，卻有一座表面鍍有亞鉛的粗獷鐵塔直直往上伸入黑暗之中。

看來那是一座冬季期間不會送電的電塔。

雖然沒有設置階梯，不過還是可以沿踏桿爬到鐵塔頂端附近——

我靠著小時候的記憶，從山脈地形尋找星伽的方向。

（那是岩木山……也就是說，那邊是津輕平原……）

然後，很快就找到了。

雖然因為標高太低，在谷歌地圖上連名字都沒被標上，但因為特徵明顯所以很容易分辨。

——是星伽山。

另外也可以看到山腰的凹陷處，以前聽說那在太古時代曾經是火山口的樣子。

火山其實並不一定都從山頂噴發，也有從山腰處破裂似地噴發的狀況。

因為這樣的現象讓山腰凹成缺口，形成的上弦月形湖泊也能清楚看到。

據說星伽神社當初是為了鎮定火山爆發而設立——所以就建在那座湖的前方。

「猴，妳看那座表面有凹陷的山，靠我們這一面的山腰緩坡有個形狀像香蕉的湖對吧？能不能把我送到那座湖的前面？」

又和霸美共穿一件大衣、靠手腳和尾巴爬上鐵塔的猴……聽到我如此詢問……

——點頭回應了。

好，計畫可行。雖然晚了亞莉亞大約七個小時，不過我也——能過去星伽了。

「請問神社就在那個被森林遮住的地方嗎？」

「沒錯。」

「雖然我看不見神社本身，但可以送到周圍的森林。照這距離來看，重量上勉強只能運送遠山一個人了。」

我本來就是打算自己一個人去啦，不過……觔斗雲看似方便，其實也不盡然呢。

因為猴說為了保險起見最好減輕多餘的重量，於是我脫掉大衣，恢復武偵高中男生制服的打扮。就跟初次和亞莉亞認識的那天一樣。

在日本隨處可見的、平凡高中男生的打扮。

——遠山金次，你是何方神聖？

——只是個普通的高中生啦。

和許多敵人都對話過的這段臺詞……

彷彿是在誘導我做出某種覺悟似的，在我腦海中重播。

（普通的高中生，想挑戰神，是嗎？）

我不禁露出像自嘲又像放棄的苦笑。

——完全緋緋神——

這次真的是只靠我一個人，百分之百絕對無法對付的敵人。

很遺憾，這一點我從很早之前就明白了……靠我爆發模式下的腦袋。

一直以來我面對敵人的時候，管他是百分之一、百分之零點一還是百分之零點零零一，至少我都還有勝算。這也是我在爆發模式下明白，所以才放手一搏的。

然而這次……是百分之零。

就算不是夏洛克，我也在行動前就已經知道了。

我贏不過緋緋神。

即使明白這點，我還是打算行動。

唉……

我說，亞莉亞。

到底是為什麼，會變成這樣的呢？

「——遠山。」

霸美離開猴的大衣，穿上我脫下的那件大衣後……冷不防地……

「現在的你，很危險。有死亡的覺悟。」

看穿我的心事般如此說道。

「只要認為會死，就真的會死喔。」

連同額頭的犄角一起抬起臉、嚴肅看著我的霸美——

表情凜然。

讓人忍不住用認真的心情聽她說話。

「——活下去。」

平常看似愚蠢沒用，但是在關鍵時刻——激勵的話語卻帶有難以言喻的力量。

據說織田信長也是這樣的人物。我現在從霸美身上感受到一點他的靈魂了。

被信長打氣的我，因為覺得霸美依然是霸美，於是……

「——謝謝妳喔，霸美。」

對鬼之國的女王霸美如此道謝。

然後重新看向猴與霸美……

從制服口袋掏出幾張一百美元鈔票遞給她們。

但感覺有點糗呢。因為這些雖然是新鈔，不算很破爛，可是走過雪地的緣故還是讓它們溼透了。

畢竟這些鈔票只是對折用迴紋針夾起來而已，沒有裝在什麼信封之類的東西裡。

「猴，霸美，妳們從剛才的星崎溫泉沿著縣道走下白神山地吧。只要走半天的距離，就能看到一處叫『陸奧岩崎』的車站。從那裡搭電車可以到秋田。到了秋田就有飯店可以把美元換成日幣，然後看妳們是要搭新幹線還是瞬間移動都行，隨便到妳們想去的地方吧。」

我說著，把其實是我在伊・U艦內迷路走進金庫時，當成子彈費用徵收的一小疊鈔票交給那兩個人。

我本來是打算拿這些錢補貼自己學費的，但反正也不知道我這次有沒有辦法活著回去。錢這種東西又不能帶進墳墓裡。

那麼乾脆就闊氣一點，趁還活著的時候把這些錢拿來耍帥吧。

收下錢的猴露出感激的眼神抬頭看向我……

「遠山……雖然稱不上是為了答謝這筆旅費，不過這個請你拿去。猴本來就考慮要找機會交給你的。」

她從水手服領巾下的隱藏口袋中拿出一把折疊式的短刀。

鋼鐵製的握把很牢固且頗有重量，表面覆蓋有鮮豔的白色珍珠貝殼。

還真漂亮。話說，跟亞莉亞手槍握把上的鑲嵌浮雕是同樣的材質呢。

把刀刃翻出來後，這光澤讓我直覺想到……

「這是，王者之劍……我在香港擋下孫的雷射時用的那把劍嗎……？」

「是的。當時融化延展成傘狀的那把劍被機嬢回收了。因為那材質是非常好的金屬，所以聽說從馬尼亞戈召聘一流的短刀工匠，把它改造成了護身刀。雖然變得比原本短很多就是了……」

跟德國的索林根、日本的關市並稱的刀具名產地——義大利馬尼亞戈的短刀工匠打出來的嗎？藍幫還是老樣子，很有錢呢。

不管怎麼說，堪稱我和孫，也就是和猴之間紀念品的那把薩克遜劍——就這樣變成馬尼亞戈短刀，回到我手中了。

「我就心懷感激地收下吧。剛好我弄丟了蝴蝶刀，正傷腦筋以後回學校會因為違反校規被老師處罰呢。」

我把短刀在手腕上轉了一圈，「啪！」地單手折回原狀，收進褲子的口袋中。這是我一年級時在武偵高中流行過有點耍帥的折疊刀收刀法——很適合這把小巧的馬尼亞戈短刀。

雖然有點黑幫的感覺是很『那個』，不過跟公認陰沉的我應該頗搭吧。太棒啦，我對它一見鍾情了。這次我會好好珍惜使用，不會讓它又壞掉的。

「猴，一路上謝謝妳了。下次找個機會，我們再到香港高速公路下的那家粥店一起吃粥吧。」

「……是……」

聽到我提起在香港相遇時的事情，而明白離別時刻到來的猴——

含著淚光抱住我，搖曳著黑色的長髮點點頭後……

「——觔斗雲！來了來了（raira raira），來了（raira）——！（中文發音）」

彷彿是覺得過於依依不捨只會更加難過，而仰望天空集中精神，開始唸起咒語。

——raira、raira——raira——

金色的光粒包圍著我飛舞起來。一粒、二粒、四、八、十六、三十二——

霸美抓住鋼筋，像吊單槓一樣撐起自己的身體，避開化為霧狀的光粒。

緊接在那樣的畫面之後，我的視野就被光芒籠罩了。

……raira、raira……

我感覺到猴的手像是慢慢放開我的腰……

（再見了，猴，霸美。）

……最後從鐵塔上消失了。

5彈　星伽山的御神體

鄰近與秋田縣分界線的弘前市西南部山林地帶——

星伽家就位於那樣一處鮮少有人會前往的深山中。

隨著視野恢復昏暗，我的身體「啪嘰啪嘰」地折斷山毛櫸樹林的枝葉，往下掉落。

最後……碰！

（……痛死啦……！）

猴那傢伙，看來是從鐵塔上盯著樹林的頂端把我送過來的。

或許是因為只能看到那部分所以也沒辦法，但至少也在事前跟我說一聲吧。

還好地面是腐植土才讓我得救，萬一是岩石什麼的，我可是會當場摔死啊。剛才應該摔落了有二十公尺左右吧？雖然我是有用多點著地法護身就是了。

不管怎麼說——

這裡已經是星伽神社的鎮守森林了。

我在隱約有點印象的景色中稍微走了一小段距離，便來到一條看起來很像獸徑的山路，不過……其實這就是星伽神社的表參道。

這條自古就存在的參道，即使從外面自然經過也很難發現。

而且是故意造得讓人難以發現的。

星伽神社——是個極度排外，不喜歡與外界交流的地方。

如今我也能明白那樣的理由了。

從白雪的火焰魔術或粉雪的神託之術也能知道，星伽巫女們就像某種ＥＳＰ集團，自古代代繼承超能力至今。

在那漫長的歷史中，想必也有遭遇過掌權者想要利用她們的力量，或是受到人民恐懼與歧視。

為了從這些情況保護自己，星伽家才會隱藏與外界相連的道路，一直以來躲在神社之中。要講起來，星伽家就好像某種超能力村，超能力者們隱居的鄉里。

（雖然超能力對我來說，到現在還是很不擅長對應的領域……）

但我還是只靠著手槍——

往前邁進了。

在一片昏暗之中，撥開草木與寒風，踏著積雪與泥土。

……祀、祈、祓……

社、祠、褉、祭……

祥、禍……神……

神道所使用的文字中，多半都是示字旁。

神社——星伽神社應該會指示我吧。
對於為了亞莉亞而在世界各處迷惘徘徊的我。
指示出關於緋緋神的事情。
那個答案。
以及我應當前往的方向。

幼稚園時和白雪一起去看煙火的時候，成為星伽神社出口的那段石階——
我現在則是仰望著月亮，往上爬。時間差不多快到深夜十二點了。
石階左右等距離設置有石燈籠，被月下的寒梅點綴。
我爬上一百三十五階的階梯，來到一座顏色比關東常見的還要鮮豔的緋紅色鳥居前。就在這時……
從鳥居的右側……
「……我知道你一定會來的。」
——星伽粉雪。
去年暑假在我帶路下參觀過武偵高中的那位白雪的義妹現身了。白皙的手中握著一把出鞘的短刀。
另外還有一人，華雪——
她同樣也是白雪的妹妹，握著一把薙刀從左邊現身。

我記得粉雪現在是十五歲，華雪是十四歲。大概是為了效法白雪，兩姊妹的瀏海都剪成妹妹頭。

然後在鳥居深處，從神社合祭的稻荷神野狐像後面……

以前在京都拯救過我和蕾姬的風雪也握著一把和弓出現。

風雪比白雪小一歲，所以是十六歲。長長的黑髮被白色的緞帶綁成馬尾。

她們各自拿著短、中、長距離用的武器，看起來一副要迎擊入侵者的樣子。

面對在人域與神域境界線的鳥居前，像守門員般站在那裡的這些白雪的妹妹們——

「星伽家的規矩不是八點就寢嗎？」

我開開玩笑代替打招呼。

要是在這裡鬧得不愉快，我搞不好就必須稍微動點粗了。

然而，看來那是我杞人憂天。三名星伽巫女稍微沉默一下後……

「……請問你是來見白雪姊姊的吧？」

「方才，暗示天災的緋色掃把星……貌似神崎亞莉亞大人的光芒出現，而姊姊大人便追在後面……」

「——躲進岩洞中了。姊姊大人今晚就在御神體之處。」

粉雪、華雪與風雪一人接一人說著，如此告訴我。

果然，白雪和亞莉亞都在這裡。

另外，風雪還有提到『御神體』。

我小時候來到星伽家時，被交代過唯獨御神體所在的地方絕對不可以過去。

——那裡就是終點了。

從日本一路經過美國、英國、鬼之國再回到日本……看似漫長又轉眼即逝的世界一周之旅，即將結束。

「如今我也總算能看出來啦。」

爆發模式下的腦袋為這段旅程推理出一個總結。

「妳們這些星伽巫女，就是把緋緋色金的**本體**祭祀在那個地方對吧？」

聽到我這句話，粉雪的手指微微顫抖一下。

真是好懂的女孩。看來我猜對了。

華雪也用眼神請示在場最年長的風雪，詢問她是否要把知道了祕密的我消滅掉。

然而——風雪用視線制止了妹妹們……

等到三個人再度把眼睛看過來後，我繼續說道：

「理子那個小小的十字架中只含有微量的色金，而只有子彈大小的緋彈卻被稱為是『世界最大級』，讓我一直以為色金是極為稀少的一種稀有金屬。可是，我在美國看到的瑠瑠色金多達好幾噸，雖然形狀被改成了汽車零件，不過整體質量相當大。烏魯斯族保管在湖底的璃璃色金，據說尺寸也大到可以用『岩石』來形容。」

粉雪和華雪聽到這些話露出有點吃驚的表情，但負責對外交涉的風雪大概早就知道這些事情，始終保持一臉冷淡。

「我所看過的色金不是很微小就是很巨大，卻沒有尺寸居中的東西。可見……緋緋色金、瑠瑠色金與璃璃色金分別存在有人工無法創造的天然巨大『原石』，然後只有從原石上削下來的微小物品被帶到其他各處。**而在這些原石當中，持有緋緋色金原石的——就是妳們星伽神社**。」

日本人總是不會隨隨便便去探究一間神社的御神體究竟是什麼，因為怕遭到天譴。也因為這樣，星伽家才能從一、兩千年前就把那東西一直藏到現在。

恐怕重達數噸的巨大緋緋色金。

「……」

粉雪和華雪露出一臉『被發現啦』的表情面面相覷……

風雪也沒有任何回應。

然而那沉默同時也暗示了我的推理是正確的。

「不用回答我，我想妳們應該也沒那個權限。詳細的內容我現在就直接去問白雪。畢竟亞莉亞的妹妹也是這樣指示我的。」

我說著，往前邁出步伐……

但星伽姊妹並沒有制止我通過鳥居。

我想……

她們一定是很擔心追著緋緋神亞莉亞前往御神體、也就是緋緋色金原石所在地的姊姊——白雪。

如果可以，希望我能保護白雪。

所以應該是負責判斷是否要讓人通過鳥居的她們……

讓我通過了。

她們所祭祀的存在，是連她們自己都難以控制的異常力量。緋緋色金與緋緋神，可說是透過亞莉亞復活、企圖掀起戰爭風暴的凶神。而她們期待我成為討伐凶神的武士。

我這段猜測似乎也都正確……

「遠山大人……請務必要、拯救……白雪姊姊……」

非常喜歡姊姊的粉雪用手遮住臉，哭了起來。

「別擔心，粉雪。」

於是我盡可能用溫柔的笑臉安撫她。

其實我是希望可以拍拍她的肩膀或摸摸她的頭啦，但那樣一來又會被她說不衛生什麼的。畢竟這孩子不知該說是討厭男生，或是說有潔癖。

（這麼說來……）

印象中粉雪曾經說過——『緋彈總有一天會破滅』這樣的預言。

這裡所說的『破滅（註4）』在古時候的大和語言中是代表『水滿溢出來』的意

註4　日文為「潰える」。

思。像河川堤防崩壞的現象，在以前也寫作『潰堤』。

色金一即是全，全即是一。

緋彈滿溢出來。

緋緋色金滿溢出來。

那預言恐怕就是指緋緋神的力量會解放的意思吧。

不過──

──我會阻止的。

我可是連夏洛克的推理都推翻過，要推翻粉雪的占卜根本是小事一樁啦。

我走在寵巫女們製作的大量風車裝飾的境內，通過一對石獅子之間。

……真教人懷念呢。

我已經十幾年沒來過星伽神社的本宮了。

雖然很多東西已經淡忘，不過還是有些地方我依然記得。

真想順便向緋緋神以外的各種神明們祈求一下保佑平安呢。

不過，我可不是來這裡參拜的。

於是我繞過本殿……靠月光照明，進入位於神社本殿後方的杉樹林──也就是小時候被交代過『不可以進去』的樹林中。

這地方看起來像是為了擋雪用的樹林，但其實是為了隱藏某種東西用的人工林。

我穿過那片只有幾十公尺深的樹林後……

（……Mizuyumi……水弓……）

到達了那座我印象中以前是這麼稱呼、剛才在鐵塔上也能看到的湖泊。

以前我還以為是白雪她們念『湖泊（mizuumi）』發音不標準變成『水弓（mizuyu-mi）』的，但原來那是象徵這座湖泊形狀的正確名稱啊。

星伽的御神體——

緋緋色金的原石，應該就在這座湖的另一頭沒錯。

也就是說，我必須繞過這座湖才行了。但就在這時……

我的手機忽然響起。是粉雪打來的。

『——遠山大人，請問你已經抵達水弓了嗎？』

「是啊，我正準備要沿湖畔繞到對面。感覺應該要走一段距離，三十分鐘左右才會到緋緋色金的原石吧。」

『我想說或許能夠幫上一點忙，所以才偷偷打電話為你帶路的。我雖然不能向你說明有關御神體的事情，不過告訴你其他部分應該沒問題。』

看似正經八百但其實還頗通情達理的粉雪……

『水弓是可以直線前進的。據說從前是走在凍結的湖面上到御神體前參拜，被稱為御神渡——不過現代因為溫室效應的緣故，很多年都遇到沒結冰的狀況，所以在水面下架了一座玻璃製的隱藏橋。』

提供了我這麼一個寶貴的情報。

『在湖畔應該可以看到一座小鳥居，對岸也有一座。這兩座鳥居之間就是能夠穿越的部分。雖然沒穿木屐的話可能會弄溼鞋子跟襪子，不過這樣不用三分鐘就能到對岸去了。』

的確，在湖畔有一座小小的緋色鳥居——

而在湖面下，乍看之下好像什麼東西都沒有……但我鼓起勇氣踏出去，就發現水面下大約二到三公分處真的有地方可以站在上面。

看不見的橋，好厲害的點子啊。

「——太感謝妳啦，粉雪。幫忙節省時間也是一種優秀的掩護射擊喔。雖然這句話是我從武偵高中學到拿來說嘴就是了。」

『……別客氣。不過，再過去的神奈備——隱藏神明的岩洞中會收不到手機訊號。雖然我也沒進去過，但以前在御神酒窖喝醉的姊姊大人……呃、不、以前白雪姊姊在偶然下有跟我說過，岩洞內部似乎就像**人體**一樣。我所知道的就這些了。』

像人體一樣……？難道是軟綿綿的嗎？

「……已經很足夠了。那我走啦。」

『我都已經幫到這裡，所以請你一定要順利了結所有事情然後回來。要是你敢失敗，我就丑時參拜詛咒你！那麼，祝你平安無事。』

據說星伽巫女釘草人真的可以把別人殺死，這下又多了一個不能失敗的理由啦……我不禁苦笑一下，收起手機。

然後踏在水面如同鏡子般映照著星座與月亮的水弓——黑暗的湖面上，穿越湖泊。

簡直就像走在宇宙空間呢。

雖然就像粉雪所說，我的腳都溼了，不過比預想中節省了大量時間……抵達了對岸，可能是星伽山火山口的凹陷坡面。

這山腰處是一片草木不生的岩地，一如『神奈備』這個名稱般有種人外魔境的氛圍。

我爬上一道隱約像階梯一樣的岩石後，便看到兩塊大岩石以『人』字形疊在一起，感覺像一道門——

在內側又有一座用古老的五色絹裝飾的鳥居，被隱藏在從遠處無法看到的岩石背面。

……這座鳥居形成一道洞門，讓人可以走進岩壁深處。

這是，洞窟……？

不，拿起手電筒照亮內側，可以看到足夠讓人穿過的通道。

這是人工岩室。

而且與其說是用挖的，還比較像搬一堆石材過來把火山口仔細掩埋造出來的感覺。

（簡直就像一座斜向翻倒的金字塔。進去的感覺也很像要進金字塔探險一樣……）

就在我抱著考古學家般的心情踏進裡面時——大概是因為地熱……

我很快發現內部的溫度頗高。

這對著涼的身體是很好啦，而且鞋子也很快就乾了，不過……

（喂喂喂……）

……這條岩石通道，左右兩側的岩壁上都有像櫥窗一樣的凹洞，裡面擺有各式各樣感覺可以登上歷史教科書的青銅鏡或是銅鐸之類的東西。

超誇張的，就算我是外行人也看得出來這些東西很有歷史價值。

我看星伽家差不多也該放棄祕密主義，登記為世界遺產比較好吧？

這洞穴就像迷宮一樣有許多分岔點，有些路甚至可以感覺到有設置原始陷阱的氣息，讓我又折了回來。

正確的路徑應該被人走過很多次才對，因此從腳下的沙子與岩石的狀況或多或少可以判斷出來……就這樣一邊找路一邊走著，我總算漸漸理解剛才粉雪所說『像人體一樣』的意義了。

我經過的這些通道，有的寬敞有的狹窄。

如果把寬敞的通道想成腸子，狹窄的通道想成血管，形狀上就大致符合一個橫躺的人體。

另外還有幾處感覺應該是象徵肺臟或大腦的空間。

（也就是說——）

最重要的東西，應該就放在人體最重要的臟器——心臟的位置。

我這樣想著，通過喉嚨的位置後……來到一處應該是胃的寬廣空間。

「……嗚……！」

那裡竟然躺著一隻煙霧形成、尺寸有恐龍大小的狐狸。

煙霧保持著巨大狐狸的形狀。

大狐狸把頭轉向我，孔雀開屏般展開的尾巴有一、二、三……九條呢。

不過事到如今，這種程度已經不會讓我驚訝了。

而且我隱約可以知道這傢伙究竟是誰。真難過，看來我對異常現象的直覺也被訓練出來啦。

「——是玉藻嗎？」

「……緋緋神、星伽巫女、遠山武士齊聚一堂，看來就要開始了。」

大狐狸沒有動嘴巴就發出的聲音——

雖然變得比較低沉，但果然是玉藻的講話方式。

也就是說，這才是玉藻真正的姿態嗎？

若是如此，我還比較喜歡她以前的樣子呢。雖然那也必須努力對耳朵和尾巴之類的部位視而不見，而且又是女孩子，但至少還是人類的形狀。

「一則訓斥，一則道歉。汝讓亞莉亞的戀愛心太過高昂了，這個花花公子。然後，沒看出這點，還預測她至彌生晦日前都不會化為緋緋神的咱——也是個蠢貨。事情發展至今，想必也讓不少人喪命了吧？」

閻與瑠瑠神的事情頓時閃過我的腦海——

「我不會再讓更多人喪命。要死，也只有一個人。」

我帶著不惜犧牲自己的生命也要阻止緋緋神的覺悟如此發言……

但玉藻似乎誤以為這是代表我有殺死緋緋神亞莉亞的覺悟。

「年輕武士，做好覺悟。武士有時也會遇到必須砍殺自己的女人或是朋友的狀況。後續工作就交給咱，汝放心去吧。」

我姑且不理會她這句話的前半，不過後半……

看來她不論發生了什麼事，都會幫忙後續處理的樣子。

「那真是太感激啦。畢竟我、亞莉亞和白雪只要湊在一起，總是會大吵一架。每次善後打掃都很辛苦呢。」

我繞過用一根尾巴為我指示正確路徑的玉藻——

踏進石壁上開出的一條通道。

那條通道呈現緩緩往上爬的階梯，每隔三十公分左右就有一座鳥居，簡直就像一條鳥居隧道。

隧道的另一頭很明亮，似乎有火照明。

於是我丟掉感覺會礙事的手電筒，來到以人體來說位於心臟位置的——

——綻放緋紅色光芒的大房間中。

Go For The NEXT!!!　緋日升起之國

緋紅色的光芒越接近大房間中心就越像太陽光。

彷彿朝陽或夕陽照耀般，讓視野漸漸變得清晰。

火。日。緋。

這些字在大和語言中都念作「hi」。

火焰。天上的太陽。讓人清醒的顏色。

這些在古代都被視為同樣的東西。

而名稱中有兩個『hi』的緋中之緋，**緋緋**色金的原石——

就保管在這裡嗎？

——白雪。

（……嗚……）

我的眼睛漸漸習慣耀眼的光芒後，首先看到的就是——白雪。

——鏘——鏘——鏘——

——鏘——鏘——鏘——

神樂鈴的聲音宛如心跳節奏般響徹石室……

白雪緩緩跳著舞，緋袴彷彿溶解在流過腳邊的緋色霧氣中。

雖然和我小時候看過的不一樣，沒有歌曲伴奏——不過這是……

（神樂舞……）

星伽的巫女神樂之一。

彼岸花綻放在白雪周圍，有如漂浮在霧氣上。星伽鳳蝶輕飄飄地飛舞在花朵上。

——鏘——鏘——鏘——

忽然讓鈴聲變得響亮的白雪……

原地轉了一圈，讓豔麗的黑色長髮劃出一道優美的曲線。

手中的鈴就像變魔術般被換成一把出鞘的刀——色金殺女，神樂舞接著變化為我沒看過的舞步。

節奏急促，彷彿要切斷邪惡的存在般揮刀。

簡直就像日本版的劍舞。

即使是對這塊領域不熟悉的我，也能從視覺上、感覺上知道，那是為了使神明安定下來的動作。

她試圖在安撫、平息某種超越人類常識的存在。

然而——

——白雪的舞蹈靜靜結束。

在她對面的**人物**的表情與**物體**的狀態卻絲毫沒有變化。

「那舞蹈我很喜歡。從美麗的星伽巫女可以感受到戀，從色金殺女可以感受到戰。」

「……一點都沒平靜下來呢。真是的……」

那人物——緋緋神亞莉亞，與白雪互相交談。

接著……

「……為什麼、你來了，你竟然跑來了，小金……」

白雪用難過的聲音對她背後的我如此呢喃。

「亞莉亞已經……不在這裡了。她變成緋緋神了呀。」

「我等你好久啦，遠山。」

就像在證實白雪的發言似的，擁有亞莉亞外觀的緋緋神也對我搭話。

「——唉呀，亞莉亞的事情你就放棄吧。白雪說得沒錯。」

其實用不著緋緋神說明——

身為搭檔的我也能感受得出來。

現在的緋緋神，與過去的緋緋神完全不同。

和那個從遠處抑制亞莉亞、暫時附身取代的她不一樣。

她直接、強硬地把亞莉亞帶到自己的地方——讓自己完全覆蓋亞莉亞了。

緋緋色金藉由把亞莉亞帶到這裡，辦到了這件事。

畢竟我是亞莉亞的搭檔，靠直覺就能感受出這點。

這裡是緋緋神的家。

透過視覺上也能明白這點。

從亞莉亞現在盤坐在上面、**存在**於我眼前的『御神體』規模。

（這就是……緋緋色金的、原石嗎……！）

緋緋色金雖然光是子彈大小就被人稱為是世界最大級——

——但這個御神體卻是有一臺汽車大小的金屬塊。

而且應該不是合金。是純・緋緋色金。

整體就跟夏洛克射進亞莉亞心臟的那顆緋彈一樣——呈現如鮮血般、薔薇般、火焰般的——緋色。

緋色的光芒如氣場般往四周照耀，染紅了流動在周圍腳邊的水蒸氣。

緋緋色金的原石上就像頭巾一樣綁有一圈注連繩，周圍的地面上插有許多看起來像色金殺女的刀。宛如述說歷代星伽巫女與緋緋色金之間悠久歷史的墓碑。

圍繞原石排列的色金殺女中，甚至有的不是日本刀，而是讓人聯想到古墳時代的青銅劍。

這也代表星伽巫女們從那樣古早的時代開始，就在嘗試控制緋緋色金了。

打算開口說話的我——

「………」

——卻被某種東西阻止。

被緋緋色金的原石，也就是所謂御神體的**形狀**。

（……斗笠……）

在星伽家的家紋『五芒星陣笠』中也有描繪的『斗笠』形狀——

也就是古代日本人用來遮陽避雨、像草帽一樣的斗笠。

和蕾姬畫出來的圖也很像，不過形狀比那更加清楚。

話說……

話說……

這……

與其說是斗笠，根本是亞當斯基型的圓盤嘛。

雖然沒有可以讓外星人坐在裡面揮手的窗戶，但如果問一百個人『這是什麼形狀』，肯定一百個人都會回答是『飛碟（ＵＦＯ）』啊。

白雪走到說不出話的我身邊……

「白……白雪，那就是，緋緋色金對吧？」

我這才總算發出聲音，跳過重逢的招呼劈頭向她確認。

「嗯。」

「呃、那個——也就是說，那就是原石了？」

面對結結巴巴的我，白雪稍微垂下眉梢，瞥眼看過來。

「……對不起，我一直隱瞞著你。這就是緋緋色金的祖鋼。從那上面削下來或敲出來的碎片，就是我們所知流通在世界上的緋緋色金。」

「看起來像個ＵＦＯ啊。」

聽到我總算提出這點……

「沒錯。」

白雪點頭回應。

……呃……

……也就是、真貨嗎？

在白雪的妹妹頭瀏海底下，睫毛細長、眼角下垂的雙眼——

用力揚起眉梢，再度盯向緋緋神亞莉亞與緋緋色金。

然後——

對我說出了緋緋色金的真面目。

「這是『御星大人』。是兩千年前從天而降的星星。」

Go For The NEXT!!!

後記

聽說在北國山上晚開的八重櫻已經開滿山野又好像沒那回事的樣子呢！我是赤松！

……搞砸啦！真是對不起！

每年都在四月出版的新刊，今年被拖到五月才出來了。

原因是筆者染上流感，病倒了一段時間。

哇～還以為自己要死掉啦！三十九點五度這種體溫，自從我懂事之後還是第一次遇到，害我嚇壞了。

不過我現在已經痊癒，就像這樣很有精神地在寫後記了。

對於給各位相關同仁造成莫大困擾，更重要的是讓讀者們等候了這麼長一段時間的事情，謹在此表示深深的歉意。

在這一集中，雖然只有一小段時間，不過十七集中亞莉亞和金次玩笑說過的桃太郎成員——亞莉亞（桃太郎）・麗莎（狗）・猴（猴子）・金次（雉雞）的組合在倫敦齊聚一堂了呢。

雖然前往鬼島的成員中少了一位，不過這就叫談笑成真。開開玩笑說過的話最後實現，也是常有的事情。

不過，接下來要講的就不是玩笑囉……？

——讓各位久等了！

電視動畫『緋彈的亞莉亞ＡＡ』播放時期等等詳細情報，將預定在二〇一五年七月十九日（日）的活動『ＭＦ文庫Ｊ夏日學園祭二〇一五　緋彈的亞莉亞ＡＡ開幕式 in 秋葉原』中發表！

預定舉辦場所是秋葉原 UDX&AKIBA_SQUARE，詳細內容請參考ＭＦ文庫Ｊ的網頁 http://bc.mediafactory.jp/bunkoj/fes2015/ 喔。

唉呀～動畫果然讓人高興呢。

總覺得就像什麼祭典一樣，讓喜歡廟會的赤松都興奮起來了！

那麼，期待下次日出之國的太陽耀眼高掛、夜晚可以聽到廟會樂聲的季節再相見。

二〇一四年五月吉日　赤松中學

祝♥アリア20…
■亞莉亞總算也出到
第二十集了！
我家的書櫃也有一層
滿滿都是亞莉亞，
真是感觸良多啊！
※慶祝亞莉亞
第二十集出版
■那麼，期待
下一集再相見！

浮文字
緋彈的亞莉亞（20）戀與戰的超傳導
（原名：緋弾のアリアXX 恋と戦の超伝導）
作者／赤松中學　封面插畫／こぶいち　譯者／陳梵帆
發行人／黃鎮隆　協理／陳君平
總編輯／洪琇菁　國際版權／林孟璇
執行編輯／呂尚燁　美術主編／李政儀
企劃宣傳／邱小祐
出版／城邦文化事業股份有限公司　尖端出版
台北市中山區民生東路二段一四一號十樓
電話：（〇二）二五〇〇七六〇〇　傳真：（〇二）二五〇〇二六八三
E-mail：7novels@mail2.spp.com.tw
發行／英屬蓋曼群島商家庭傳媒股份有限公司城邦分公司　尖端出版
台北市中山區民生東路二段一四一號十樓
電話：（〇二）二五〇〇—七六〇〇（代表號）
傳真：（〇二）二五〇〇—一九七九
北部經銷／祥友圖書有限公司
電話：（〇二）八五一二—三八五一
傳真：（〇二）八五一二—四二五五
中部經銷／高見文化行銷股份有限公司
電話：〇八〇〇—〇五五—三六五
傳真：（〇二）二六六八—六二二〇
雲嘉經銷／智豐圖書股份有限公司　嘉義公司
電話：（〇五）二三三—三八五二
傳真：（〇五）二三三—三八六三
南部經銷／智豐圖書股份有限公司　高雄公司
電話：（〇七）三七三—〇〇七九
傳真：（〇七）三七三—〇〇八七
一代匯集／香港九龍旺角塘尾道六十四號龍駒企業大廈十樓B&D室
電話：（八五二）二七八三—八一〇二
傳真：（八五二）二七八二—一五二九
馬新總經銷／城邦（馬新）出版集團　Cite(M)Sdn.Bhd.
E-mail：Cite@cite.com.my
大眾書局（新加坡）　POPULAR(Singapore)
E-mail：feedback@popularworld.com
大眾書局（馬來西亞）　POPULAR(Malaysia)
E-mail：popularmalaysia@popularworld.com
法律顧問／通律機構
台北市重慶南路二段五十九號十一樓
二〇一五年十一月一版一刷

■中文版■

郵購注意事項：
1. 填妥劃撥單資料：帳號：50003021戶名：英屬蓋曼群島商家庭傳媒(股)公司城邦分公司。2. 通信欄內註明訂購書名與冊數。3. 劃撥金額低於500元，請加附掛號郵資50元。如劃撥日起 10～14日，仍未收到書時，請洽劃撥組。劃撥專線TEL：(03) 312-4212 ・ FAX：(03) 322-4621。E-mail：marketing@spp.com.tw

國家圖書館出版品預行編目資料

緋彈的亞莉亞 / 赤松中學 著； 陳梵帆 譯. --1版.
--臺北市：尖端出版，2009.10
面 ； 公分. --(浮文字)
譯自：緋弾のアリア
ISBN 978-957-10-6190-0(第20冊：平裝)

861.57　　104003957

緋彈的亞莉亞
© Chugaku Akamatsu 2015
Illustration : kobuichi
尖端出版
www.spp.com.tw

愛徒養成有賺有賠，後果請參閱本書 1
暢銷作《五姐》作繪者黃金組合再次出擊！
各種病系美少女來當你的徒弟！
啞鳴
圖・迷子燒／方向錯亂
在座寫輕小說的各位，全都有病
甜咖啡×手刀葉
無法更歡樂的輕小說校園喜劇!!
擺脫單身，是每個輕小說作家的責任吧(?)
甜咖啡
圖・手刀葉
愛徒養成有賺有賠，後果請參閱本書 © 啞鳴／迷子燒／尖端出版 All rights reserved.
在座寫輕小說的各位，全都有病 © 甜咖啡／手刀葉／尖端出版 All rights reserved.
尖端出版
www.spp.com.tw